她……真的不在了嗎？

彼女、本当にいなくなったのか？

王族守靈夜

夏嵐著
青姚繪

CHARACTER

人物介紹

叡辛

為人冷調，慢熟又帶著反骨思想，是萊欽城望族的小兒子，正值血氣方剛，對事物都抱持著好奇心與批判態度。叡辛原本並不希望雙城聯姻，但為了城邦的興盛，他被迫與沙藍諾的公主結婚，雖然並不到深愛公主的地步，但也有幾分欣賞她，希望能透過這場婚姻慢慢認識彼此。為了保護自己，從小就缺乏自信心的叡辛經常做出一副不問世事的冷酷模樣，卻有著一顆敏銳而細緻的心。

雅思明

個性幽默而男孩子氣，為了騎馬與練武方便，她蓄著及肩短髮，臉上總掛著甜美卻神秘的笑容。沙藍諾獨立於歌頓政權以來的王族第四代，有著東西合璧的血統，因此在朝中有些異議份子會針對公主的血統，反對她登基。但在結婚之後，公主將從皇儲候選者身份中正式脫離，成為帶領沙藍諾前進的正規統治者。

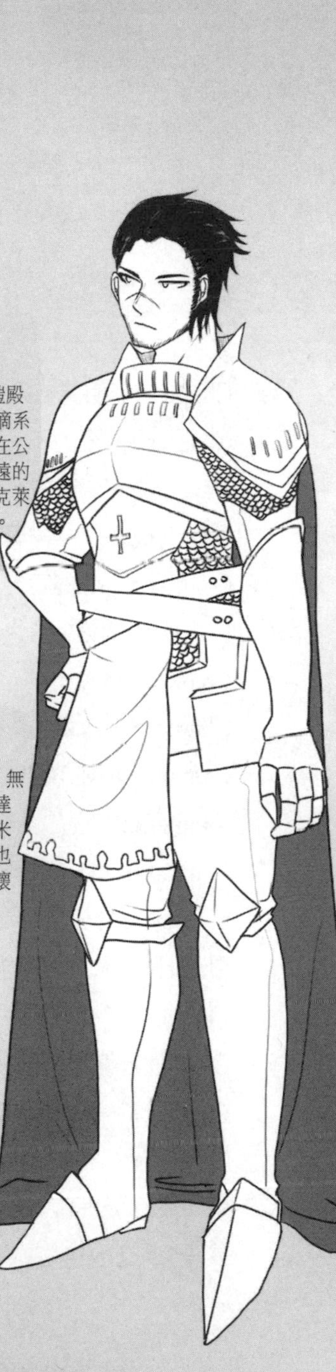

克萊納

個性忠心固執，墨守成規。擁有聖鎧殿騎士身份的將軍，直接待命於皇室直系與嫡系血親。從小陪伴在公主身邊守護著她，但在公主青春期時，國王與朝臣將克萊納調到遙遠的北方服役。開始懷疑公主之死是陰謀後，克萊納十分自責，決定全力協助王子還原真相。

米妍

機警聰慧的侍女。天生啞巴，無法開口說話、只能用手語與書寫表達自己的意見，但非常會察言觀色。米妍是最常跟隨在公主身邊的女性，也在宮內擁有自己的情報網，對王子懷有信任與寄託之心。

楔子

他們都來了，身為這場儀式的主持人，我卻感到置身事外。我幾乎忘了每個人的名字，只好故作鎮定，望向那些模糊而悲愴的臉孔，眼神卻不與任何人交會。將蹺在椅邊的腿重重往下踩時，老舊的黑色木板還因而抗議了幾聲。我將拳頭放在唇邊，喉嚨乾澀……真想趕快離開這裡……

然而，潔斯用針般的視線戳了戳我的頭皮。她是我的家庭教師，也是對我說「你要負責主持守靈夜儀式」的那傢伙。自從我的家族掌管萊欽城之後，潔斯便來到我身旁，教導我貴族禮儀與科學知識。她的灰髮一向往上梳攏，一絲不苟，身著死板的灰褲裝。

我知道今晚很重要，也理當要感到悲慟。身為友邦的未來主人，我也應該盡量討好沙藍諾的王族們。是啊！是啊！這些我都知道。不過，我傷痛的理由，似乎還不夠深刻。

只是個名義上的未婚夫，我和死者之間還沒有太過深刻的關係。不，現在就把「死者」叫得這麼順口，反倒讓我感到慌亂。

好吧！我得換種更得體的說法。

就跟一般人一樣，稱呼她為雅思明公主吧！如果她現在沒有躺在大廳另一頭的棺木裡，那麼我們會在下週成親。別追問我細節，你們應該也瞭解這樣的外交聯姻吧！

當然，我並不冷血，我也是個年輕人，正值摸索生命美好的黃金年代，如今一個二十歲的漂亮女孩就這樣撒手人寰，任何尚有良心的人都會感到難過。只是程度的不同而已。

與其像個完美未婚夫一般垂淚悲痛，我煩惱的是眼前的這群人，還有我家鄉的父親。他們大概在想，糟糕，這門親事就這樣吹了，入贅禮金都送出來了，這會兒還要準備喪禮。可真是得不償失啊！

家鄉那群老傢伙們的如意算盤，就在今天早上徹徹底底幻滅了。潔斯逼著我出來主持守靈儀式，也只是想掩飾家鄉父老無法連夜趕來的事實。

他們大概正在商討，今後萊欽城與沙藍諾城之間的應對計畫吧！

雖然厭煩，但我多少能理解他們的苦心。畢竟這場聯姻不只關係到兩個家庭，更扯上了兩個城邦的未來。

而事情發生在今天早上。

今晨入浴後，雅思明公主並沒有起身。到了下午四點，她就被換上華美嶄新的深紅色禮服，躺進了噴灑防腐精油的棺木裡。

從那一刻起，喪禮的儀式就開始了，我不太懂沙藍諾人的禮節，但還好，東大陸的信仰都皈依於德昂教系之下，喪禮儀式似乎不會有太大的出入。這一整天，我都跟著眾人穿梭在一座座的木造建築中，這裡的天花板是我故鄉宅第的五倍高，四處都是高門大窗，讓沙藍諾引以為傲的海風四處流竄。

今天非常忙亂，也很疲憊。晚間十一點了，大堂裡卻聚集了這麼多人。我坐正身體，望向階梯底下的文武官員們。

明明方才還感覺不到太多哀傷的我，下一秒卻因某個陌生男性的眼神而顫抖了一下。

他並沒有落淚，眉心也尚未深鎖。但在那對澈藍雙眸的深處，我看見了回憶。數量可觀的回憶、排山倒海的回憶，直直朝我湧來，就像虎視眈眈的大海，瞬間淹沒我的王座。

陌生男人眼中的情緒，帶來令我意想不到的痛楚……

不只是哀傷，而是真正的痛苦。我開始質疑起自己的感覺。

「是否應該放任心靈被那個男人的眼神吞噬？還是繼續無動於衷？」

男人的身分，是沙藍諾的重要將領，克萊納。

姓氏我記不得了，但我知道他是看著雅思明長大的重要長輩，如果他真有那麼老的話。

克萊納的神態或許老成了點，但實際的年紀大概只有三十五歲。外表剛毅的他，正凝視著靈堂上的花朵墜飾。

他眼底滿滿的都是情感，不斷回溯如水般的情感。雅思明公主的一生，大概正在他眼前瘋狂地湧掠翻滾。

「少主，注意前面。」一旁的潔斯又用那種銳利而疑惑的眼神打量著我。

我只得回到現實。大家都用眼淚與神情來表達他們的哀傷，但這樣的哀傷卻無法輕易地感染我。

只有那個人例外。

轉過頭，我正想再看克萊納一眼，他已低下頭，跟眾人一樣垂首哀悼。

皇族、重臣、將軍們……接著是貴族與公民代表，再來大概就是一些在宮裡工作的各色人馬。等到他們魚貫進場完畢，我的背部已經有些痠痛。

我試著得體而英挺地站起，就跟人們所期待的一樣。為了代表過度悲慟而無法言語的女王陛下，身為準女婿的我，勢必得在這場儀式中打破沉默。

但不知道怎麼了，我的嗓音顫抖得非常明顯，就像沙藍諾的海風一樣飄忽，如果可以的話，我真想乘著這股穿梭在大堂的夜風，躍窗而出。

哦！差點忘了向你們介紹自己，我的名字叫叡辛。若無意外，我會在未來的兩年內成為萊欽城的城主。雖然目前這並不是我最關心的事，但我和雅思明之間的祕密，卻是建立在這樣的信任關係上的。

也許，日後我們將會為這個祕密付出代價吧！雅思明公主已經離去，但我有義務將這個故事公諸於世。

不過，先把眼前的責任完成吧！我會體面地主持完今夜的儀式，像個真正的王子殿下一般……今夜的沙藍諾沒有王子，所以他們需要我。

就這樣吧！身為沙藍諾今夜的王子，我宣布守靈夜正式開始。

Chapter 1

不真實的第一夜

邁出雪白的腳板，叡辛王子赤足走下台階，檀黑的披風掃過一吋吋冰冷的木地板。在喪禮的過程中，大殿裡不能穿鞋，而賓客們也清一色裸足踏在地板上。深棕色的木造殿堂幾近全黑，四周都垂綴著白色紗幔。

脫去了大衣與鞋子的人們，端正地跪在大殿的門口與後方，離王子雖有數十步之遙，他們卻可以清楚看見他的臉龐。

此刻的王子在想著什麼呢？人們大膽地探看，卻讀不懂他的表情。那是一張年輕卻難解的面容。

在他的城邦，王子的頭銜並不是王子，而是「少主」——他是萊欽城的下任僭主，而沙藍諾人兩週前才認識他的名字，叡辛。

對於人們來說，叡辛似乎擁有一切王子的條件——首先就外表而言，他年輕俊美，十足合格。

清秀的臉龐上，鑲嵌著一雙傲氣而聰慧的湖綠色雙眸。

王子駕馬的樣子氣勢凜凜，前天沙藍諾的南門還曾為他而開。他的座騎在城門內邁下第一步時，人群眼底竄動著好奇的光火。他們熱情地擁道歡呼，呼喚著王子之名，祝福他與雅思明的婚姻。

Chapter 1

不真實的第一夜

「叡辛與雅思明！百年好合！恭賀大喜！」城民們熱情地呼喊。

王子回憶著當時的情景，盯著大殿後方湧動的高大紗幔出神。今夜，沙藍諾的大殿將窗子都打開了，因為要讓公主的靈魂自由進出。

眾目睽睽之下，王子勉強開始朗讀引言。他的聲音雖然微微顫抖，語調卻清透而哀痛，像是早就為了這樣的排場與氣氛而練習過似的。

不過，也許，是因為有個人的眼神撼動了王子的心，王子才能禱念出那樣優美而哀戚的音調。

王子凝視著階梯下的人群，人潮已魚貫踏上漆黑的階板，在雪白的棺木周邊放置花束。棺蓋緊掩，雅思明公主最後的容顏，稍晚才會於親族面前公開。而文武官員、內閣中的公民代表，與宮廷裡的勞動階級是否擁有此項權利，得視之後的皇室活動安排而定。

方結束主持重任的王子，斜坐在殿側的軟椅上。他穿著蕾絲黑襯衫，肩上披著緞藍色的喪服外掛。大概是因為太過疲憊，俊美的臉上已讀不出任何表情。

王子身後站著他的家庭教師——頭髮斑白的女家庭教師，潔斯。她將一頭厚重的灰髮盤在頭頂，仰著斑鳩般的頸子，觀察著沙藍諾皇后。

與雅思明公主毫無血緣關係的黛皇后，則撐著多病的身軀坐在右側，身旁還有幾位皇族的遠房表親，年齡都不超過十歲。雅思明公主的奶奶翠夫人，也就是先王的母親，則挺坐在最前方的花雕木椅上，濃郁的黑髮在頸後收成髻，用炯炯有神的棕眸端詳眾人。

儀式比想像中順利，這對於叡辛來說真是鬆了口氣。

出身市井的他，甚至不習慣自己被當作貴族對待，在萊欽城裡，他只是個年輕的城邦繼承人。然而，一旦以「公主未婚夫」的身分踏入沙藍諾，叡辛便搖身一變，成了王子。

這的確是他始料未及的，雖然有著姣好外表與內斂神情，但私底下的叡辛並不擅於交際，更別說是在這群悲痛的沙藍諾皇族中發揮什麼影響力了。

王子凝視著遙不可及的天花板，與那一道道流動在殿柱周邊的白紗。它們看起來就像虛無卻光燦的雲朵，和大殿頂上紙燈籠的蒼白光火交融，互相輝映。

在沙藍諾，每座宮殿的天花板都像天空一般遙不可及，更讓叡辛感覺到自己的渺小。

王子不安地蹬著及膝長靴，緩緩地起身。

♛

叡辛再怎麼努力地深呼吸，都只覺得受夠了。他想著，既然自己沒受過皇室的教育，說些庶民的粗魯話也能被原諒吧？

「累死了，再不出去走走，等這些人全都朝拜完，大家都聽得見我的鼾聲了。」賭氣地扔了這句話在家庭教師潔斯耳邊，叡辛從側門逃進了黑暗的走廊裡。

走廊上的漆黑夜色，讓他暫時喪失了視力。

加速踏入銀白月光下，叡辛這才發現側殿門口，掛著一幅畫像。

「啊！這個人……是我。」叡辛倒抽著氣，望向畫中人。

金色短髮，厚重偏短的旁分瀏海，露出一雙不屈服於禮教的英氣豎眉。綠眼，雙頰上有著淺淡的紅暈。

記得畫家來訪的那一天，叡辛頭痛得厲害，無法走到戶外，也無法展現出父親要他表現出的英挺騎姿。

「當時人們都告訴我，這幅畫是要送給我未婚妻的，她是沙藍諾的公主——和我們這些有錢的庶民不一樣，她體內流著的是真正的皇室血脈，從小就在眾人的關愛與奢華享受中長大。不像我，得靠老爸的捐獻與慈善事業來換取僭主的地位，還得在暴風天中倉皇地搬入年久失修的豪宅，受軍閥和其他富商擺佈。」叡辛心想。

關於雅思明，與這幅送給雅思明的肖像畫，叡辛身邊的人們都是十分看重的，好像他是唯一一個沒弄懂狀況的人了。

當時他們還說了很多值得注意的事情，也熱心地調整叡辛衣服的肩線、髮絲的弧度，甚至不斷地指導他臉上的表情。

而眼前這幅走廊上的巨大肖像，就是眾人指導出的成果。他以正臉對著畫家，暴露出瀏海下的安逸眼神，與驕傲的微笑脣線。

雅思明又曾以何種眼神，注視過畫中的那對雙眸呢？

屏住氣息，叡辛伸頸看著自己的肖像懸空高掛，畫中的男孩正迎著廊柱外的慘澹月光，用略帶玩心的表情俯瞰著他。

讓未婚夫的肖像畫掛在奠禮會場的外廊上，實在詭異至極。叡辛輕輕往上跳，想自行把畫取下來。

「還好潔斯沒跟著我出來，沒人會出言提醒我的愚蠢。」

或者，叡辛也根本不會意識到自己的愚蠢，在潔斯不在場的那些片段時刻裡，他總覺得自己是直率而敏銳的，甚至可以說是聰明敏銳。

除了雅思明本人以外，似乎沒什麼人認同這點，就連在人人都熱情友善的沙藍諾也是一樣。

叡辛再度往上跳，這次終於搆到了畫的邊框。突然一陣急躁的碰撞聲在走廊上響起，他把重心往牆邊靠，卻撞到了一個溫熱的軀體。

那是個嬌小的少女，驚惶失措的侍女。

Chapter 1

不真實的第一夜

「喔！抱歉，妳怎麼……抱歉，妳沒事吧？」叡辛伸手想扶她，不過她苦笑地拒絕了。她穿著灰色的裙裝喪服，配上花邊白圍裙，看樣子是急忙從外殿過來支援雜務的。這位紅髮侍女雙手空空，只在胸前掛著一本迷你的記帳冊。

叡辛對那冊子很好奇。難道沙藍諾宮廷的女人，都精明到需要隨身攜帶帳冊？不過，盯著淑女的胸口看總是不太禮貌，叡辛移開視線，試圖在乾澀的空氣中開口說點什麼。

「是誰把這鬼東西掛在這裡的？」叡辛指了指自己的肖像。

頭頂盤著花瓣狀赤紅編髮的侍女，驚魂未定地看著叡辛。她臉上的神情與其說是惹人憐愛，倒不如說是帶著猜疑與顧忌。

「我是叡辛。」這麼介紹自己，以為她這就懂了，不過對方似乎還是一臉狐疑。

「我是叡辛，萊欽城的叡辛。」

侍女這才急忙低頭向他行禮，那不是拉開裙擺的優雅禮儀，反而比較像是軍禮——右手握拳擺在胸前，維持個一、兩秒，然後放下。

紅髮侍女攤開胸口的記帳本，寫了些字，叡辛這才弄懂她正在寫一串句子。

她將本子對上叡辛的視線。

叡辛楞了一下。原來那不是記帳本。

上面寫著：「**我天生啞嗓無法說話，失禮之處，尚請殿下包涵。**」

「妳不需要道歉啊！」叡辛將本子闔上，遞還給她，她又急急忙忙地在上面寫了起來。

她有一雙笑起來和煦的棕金色眼眸。叡辛想起來了，他見過她。

「我好像記得妳，妳是米妍吧？我來沙藍諾的第一天，妳跟在雅思明身邊，是妳接待我走到東殿，對吧？說錯的話就抱歉了，我記性不太好。」

米妍抬起臉笑著，然後將本子在叡辛眼前張開。

上面寫著：「殿下，您還好嗎？」

「還好嗎？」叡辛皺皺眉頭，而米妍似乎有些被這種表情嚇著了。他又花了幾秒才明白她的好意。

「我很好，米妍，謝謝妳，今天真的是很忙亂的一天啊！我有點不曉得該怎麼辦。」叡辛只是實話實說，並沒有抱怨的意思。不過，米妍似乎不是很滿意叡辛的答案。

「我們都需要更努力。」她寫著。

「這就是她對我的回應？」叡辛心想。對方的訊息直率而孩子氣，不過，卻有些溫暖。

「妳趕著要去哪裡嗎？我不想打擾妳工作，只是想知道，是誰把我的肖像就這樣掛在這裡的？這樣實在有點奇怪……」

米妍搖搖頭，表示無能為力。叡辛往旁讓路讓她離開，但米妍卻猛然抓住他的手臂。

她想帶叡辛回靈堂去。

真是出乎意料。

「看來，就連一個路過的侍女，都認定我現在必須回到大殿去。」叡辛無奈地想。他連個適當的理由都找不到，就這樣被揣著往廊底走。

十二月的冷風洶湧地刷過掛滿白紗的長廊。

就在靈堂的象牙白光線朝他倆投來時，他瞥見米妍臉上的淚痕。這小丫頭，有張哭笑都分明的個性小臉，還有著強大的手勁，足以拖著鄰邦的少主走過一整條長廊。但米妍感覺起來應該是個開朗的女孩，沒想到竟默默落過淚。

「他們都很難過吧？因為雅思明的死。」叡辛默默想道。

也就是因為這樣，叡辛才會驚異於眼前的景象。

深墨色大堂裡，近百張帶著慘白面具的臉朝他的方向望來，像是一群墓地裡的魅影。剛剛對著棺木獻花的那些正常人，現在都上哪去了？

叡辛下意識地往門後一退，才發現那些人並不是在看自己，而是在看著這扇巨門上的雕花。

戴著面具的翠夫人筆直地站在階梯上，訴說著過去雅思明是多麼熱衷於設計這座大堂，然後她又繼續解釋著人們頭頂上的天窗裝飾，與其背後的星座故事。翠夫人的語調哽咽，幾乎泣不成聲。

叡辛想，這就是那些面具的目的——避免皇族失態，也避免皇族看見階梯下那些悲愴的臉孔，導致過度渲染悲傷。

米妍把不知從哪生出來的紙面具遞過來時，叡辛皺了皺眉。他壓根沒打算戴上那慘白的鬼東西。

「再說，台階底下也有些人沒掛上面具，這樣不是挺好的？」他默默想著。或許是偏見吧！當他看著那僅有的幾張人臉，心中湧起一陣憤怒。

叡辛有種預感，雅思明一定討厭那些面具，她所希望看見的，肯定是每張親切而熟悉的面孔……而不是那為了掩飾悲傷，連最後的一點人性都必須埋藏住的慘白面具。

不過，叡辛還是找到那雙熟悉的藍眼了，就是方才支持著叡辛完成致詞的那位將領的眼睛。他和少數官員一樣，都沒有戴上面具，僅是英姿勃勃地佇立著，彷彿那就是他們與生俱來的本能。

淚眼模糊的、眼眶泛紅的、雙目溼潤的、哭紅鼻子的、強忍悲傷的……他們看起來都像是重感情的人，卻也不至於過份悲傷。叡辛試著記住這些真誠的臉孔。他們站在大殿的正後方，眼中湧動著淚意與哀痛，卻努力抑制著自己的痛楚。這才是雅思明所熟悉的面孔吧？即使化成灰她都認得吧？

挺起腰桿，叡辛在眾目睽睽下大步地走回潔斯身邊，而她就像是存心要他出醜一般，連正眼都不瞧他一下。叡辛不懂，這些人是怎麼了？為什麼要對他這麼嚴苛？

「難道我非得流點眼淚，乖乖保持同樣的姿勢長達兩個鐘頭，才能證明自己是個稱職的未婚夫？」

叡辛試圖讓自己感到鼻酸、淚眼汪汪。

「這並不是雅思明的本意。不知怎麼，我只是不斷想起她對我說的每一句話，就好像她方才還曾站在我身邊，和我一同為了這場無緣的婚姻而迷惘。」叡辛心想。

「我不相信她是真的死了，實在太突然了。」叡辛想，這就是他無法哭泣的原因。一旦流淚了，那就表示他開始相信……相信大家已永遠失去她了。

可不是嗎？叡辛望向那兩個稚齡的王儲——彼得與哈瑞，他們都是雅思明的表親，但年齡小得不知死亡為何物。男孩們也沒有哭泣，只是像一堆小馬鈴薯般地呆立著，一臉疲憊。

整個會場裡，大概只有他們幾個不願接受真相吧？

叡辛偶爾用視線關注一下米妍。她的頭髮紅得像火，如慶典火炬般的紅色，在充斥著白色調的靈堂內顯得有些突兀，這大概也是那些年長的貴族們一直望著她的原因。

當米妍與其他的侍女整理靈堂的布幔，人們也開始騷動，步出靈堂。

叡辛面向那些文武官員與公民代表，因為他們有些人特地前來和他握手。

「殿下……請節哀順變。」他們大多這麼說著。

「節哀？」叡辛倒是有些慶幸自己沒踏入婚姻的墳墓。這和雅思明無關，他只是就事論事。

開始恍惚之際，潔斯狠狠地從後方掐住他的手臂。

「我們要和皇族成員們在這裡用宵夜，你可以準備入座了。聽見了嗎？不要再看著出口了，少主。」

「我只是在目送那些貴賓而已。」叡辛咬牙切齒地說：「再說，在靈堂吃宵夜？這是哪門子奇怪的習俗？真是讓人無法接受。」

「快入座吧！少主。」潔斯強硬地說，眼角的魚尾紋看起來更猙獰了。

而在這座彷彿能容納巨人一族的浩瀚廳室中，王子的視線正在跳躍。

他在尋找擁有海藍色眼睛的那個男人。人群正在退出靈堂，有如沙蟹追逐著退潮的碎沫。

王子搜索著一雙藍眼的主人。

Chapter 1

不真實的第一夜

那位沙藍諾的名將，那位在他主持儀式時、曾與他四目相交的有緣人。

在翻閱了無數個陌生背影之後，王子終於找到了克萊納。

結實的直挺背脊，雙臂在掛著喪服的輕鎧甲後方規律地滑動，披風底下藏著一雙健壯而矯健的長腿，像是羚群的王者般驕傲。

「潔斯……」王子輕推著家庭教師的肩膀。「你認識那個軍人嗎？金色短髮，他經過左邊的柱子了，就是他。翠夫人和雅思明都提過他，還給我看過他的肖像。」

「我不記得了，少主。」

叡辛負氣地抿了抿嘴，凝視著最後的人群走出大殿，覺得自己與他們離了有如好幾座城邦那麼遠。等他終於回過身，黛皇后正勉強擠出一個笑容，比出手勢請他入座。

風湧進落地窗，撩動著周圍的白帳，整座廳堂的光影變得更加紛亂躁動。

雅思明的棺木就停駐在餐桌的後方。

叡辛望了棺木一眼。他迴避著潔斯責備的目光，優雅地替自己拉開了椅子，皇族與幾位政治要員們都留了下來。

叡辛咀嚼著每個人的眼神與話語，以記憶這些臉孔。

也不知道自己為何得這麼用心，叡辛感到一片茫然。

自己會停留在沙藍諾多久？

這樁親事吹了，萊欽城與沙藍諾的邦交計畫還會繼續嗎？

那些關稅協約怎麼辦呢？

同樣的問題，叡辛知道待會兒一定會有人發問，這就是那些政治要員們留下來的目的吧！

希望潔斯能夠替他答出一些得體的回應。叡辛不得不沉重地想，潔斯的確有她的用處在。

Chapter 2

相遇的那一天

叡辛有雙湖泊般碧綠神祕的綠眼，像貓一樣充滿好奇心，在如此拘束的宮廷氛圍中，那雙眼睛充滿火花，近乎到了不禮貌的程度。他眼底的綠色不只像湖泊，更像那種與世隔絕山脈的靜湖——特別純粹，也充滿著透明的傲氣。

此刻，叡辛的綠眸打量著那些皇族以外的聚會成員，包含了內閣總理托翰，還有另兩位擔任皇室國務諮詢的助理大臣們。

他們很快地就將話題引領到宏觀的層面——該如何對沙藍諾人民發布雅思明的死訊呢？該怎麼處理未來的繼承權問題呢？他們一一地將問題端了出來，先等皇后與翠夫人解答，再禮貌地批評著她們。

「可憐的雅思明，看來我們之所以聚在這裡，並不是要緬懷她的死。」叡辛心想。

「為什麼此時要談論政治？我有種被冒犯的感覺。」翠夫人一皺眉心，炯亮的深紫雙眼朝兩位助理大臣對了過去。王子心想，她真是好樣的。

「政治不該是現在的主題吧？」翠夫人如此說道：「雖然我認為提出一些建設性的意見的確有其必要……然而，你們想想，倘若等等就問叡辛王子他今後的打算，他會做何感想？在第一個守靈夜就討論這些，成何體統？」

叡辛昏了一下，只得僵坐不動。

「翠夫人，其實微臣認為眼前最重要的，並不是萊欽城的邦交議題，而是雅思明死訊的發布……如我剛剛所說的，我們有必要暫緩這件事，畢竟人民才剛準備好迎接友邦與公主的喜事，挑在德昂節前夕就宣布這些，或許太過殘酷了，而且……恐怕有辱邦威。」

「為什麼會有辱邦威呢？」叡辛有些聽不下去了。

「呵！王子殿下或許不瞭解，其實我們議會內有部分反對黨，對於雅思明的血統問題曾經吵過一陣子，他們認為公主殿下是『新沙藍諾人』，這是缺乏王位繼承資格的一種證明。因為，容我提醒您，東大陸各城邦的皇室都來自於歌頓王朝，唯獨雅思明公主是混血，也就是她的生母──莎皇后是純正的沙藍諾人，不帶一點歌頓皇族的血……」

「托翰的意思是，如果在這時候宣布雅思明的死訊，外界可能會揣測，公主之死與反對者所爭論的血統問題有關。」翠夫人解釋道：「而我們的確也無法證明雅思明為何而死……所以大臣們希望在這幾天之內緊急做些調查，以釐清公主之死與繼承權爭議之間的關係。」

「但醫生已經做出聲明，雅思明是死於急症的……」黛皇后強忍著眼淚。「我們還要等到什麼時候才能發布死訊？這對於人民和友邦來說，都是一種欺騙的行為。」

叡辛無從插話，而潔斯也用眼神暗示著他「少發問」。

他專注於聆聽，過了許久，才發現腳邊有陣騷動。大概是大人間的沉悶話題，讓這兩個小王儲厭煩了吧！其中一個王儲彼得鑽到了桌下，恰巧溜到王子的腳邊。

「嘿！不要躲在這，怎麼了？你想吃我盤子上的果凍嗎？」叡辛把手伸到桌巾下，拍了拍餐桌下的彼得。

此時，黛皇后突然將身子傾了過來，叡辛來不及迴避這位淑女，只能直視著她臉上的淚痕。

「殿下……」她用一種近乎絕望的語調耳語道：「我想請你帶孩子們出去透透氣好嗎？他們和雅思明一向很親，現在這種氣氛只會讓他們更疑惑而已……」

叡辛只有點頭的份。

「你要過來嗎？」他問另一位小王儲哈瑞。哈瑞抓了幾顆軟糖，便飛也似地衝了過來。

「有這位年輕人在真好。」黛皇后轉頭對潔斯稱讚道，而她只是客套地笑笑。

叡辛很討厭潔斯那種皮笑肉不笑的模樣。

孩子們說，想要回靈堂。幸好今晚不需要王子本人守靈，等叡辛帶孩子們做完他們想做的事，就可以早點退席了。

遠處大殿的白燈籠融化在月光裡。叡辛雙手分別牽緊兩位小王儲。他想著，原來牽幼小的皇室成員感覺是這樣，並沒有什麼特別，他們的小手有些冰涼，纖細也柔軟，就像小鳥的羽翼一樣。

在夜裡漫步時，叡辛看著兩個小男孩那微微泛青的頸動脈，猜想著他們體內是否也流著歌頓皇族的血液？那可是西方最強大最凶悍的皇族呢！他們的血管應該會稍微粗壯些，血液也會淌動得更洶湧、湍急吧？

「那些要臣們剛剛說了，雅思明全身上下只有一丁點歌頓血，如果從血統這方面來看的話，我們都一樣，都是歌頓皇室眼中的賤民吧？我，土氣的鄉下貴族，還有雅思明，繼承權倍受爭議的沙藍諾公主。為什麼要我們結婚呢？我的到來，對雅思明的繼承真會有好處嗎？雖然雅思明本人已經無法解答這個問題了，但我還是想要找出答案。如果找出答案的話，萊欽城的未來也能獲得基本保障吧？」叡辛替自己的未來感到悲哀。

大殿內，只剩十多個帶著鐵面具的侍衛站崗。他們用毫無感情的眼白在面具後面向叡辛致意，孩子們搶在前頭，穿越英挺如巨像的衛兵群，步伐輕快。

關於這位未婚妻，王子所能記憶的事情並不多。事實上，剛來到沙藍諾時，他心中滿是偏見與疑惑。那時，叡辛王子還未見過雅思明，就跟普通的年輕男孩一樣，對於未知的少女難免抱有期待。但他並不迷信童話，反而害怕婚姻。萊欽城的少主成了沙藍諾的王子，忐忑不安地來到這座海潮之城。

沙藍諾的黛皇后披上隆重的海藍紗袍，親自到城門口迎接他。重要的官員全都簇擁在王子殿下的坐騎旁，浩浩蕩蕩，伴他進入宮殿的黑牆。

這是叡辛王子首度在那麼多異邦人面前公開露面，不過他懂得在第一時間內收斂起驚訝的神情，大度而聰巧地從馬車的窗口探出手臂，回應眾人的歡呼。

王子也對沙藍諾的財力開了眼界——每座殿室都巨大而高聳，室內的地板與牆壁有些是由木料與竹材建造，充滿東方風情。

氣候方面，王子還頗能適應。沙藍諾的位置就在萊欽城的東南方，溫暖的陽光與強勁的風，全都和萊欽城一模一樣，只是海風的氣味更強些。

街道和宮殿的建築規模比萊欽城大上幾倍，叡辛感到頗為新鮮。整個早上，他僅是費力地在墨黑色的瀏海下維持著笑容，舉手投足之間，也盡量表現出王子應有的翩翩風度，任憑皇族與護衛隊陪擁著他，巡遊宮裡的主要殿堂、城牆、水道與木造長橋。所有臣僕皆欠身恭迎，誠懇地歡迎他的到來。

當天下午，侍女們接待他到下榻的住屋，那是沙藍諾主要宮殿群外的一幢米色塔樓，位於黑白交雜的木造建築群之外，猶如星系外的一個微小光點。

裡面陳列的物品多是萊欽城見不到的——鮮豔的巨幅魚形風箏、玻璃風鈴與玻璃燈罩，還有各種口味奇特的軟糖。房間沒有華麗的壁紙，只有溫暖的橡白木地板陪襯著簡單的家具。

家庭教師潔斯替叡辛脫去深色的披風，熟練地找到了衣架的位置，又邁著幹練的步伐上樓查看叡辛的住房。

叡辛坐在午後慵懶的日光中，纖長的睫毛篩著光線。一陣淡淡的睡意向他襲來，直到窗外的某種噪音將他喚回現實。

雖是現實，陽光卻將窗景漂染得如夢境般柔和。窗外，不到一個宅第的距離，正橫越著足以眺覽全宮的石砌空橋。

玫瑰色的石橋鑲在城牆上，上頭蓋著護衛們居住的迷你碉堡，溝道中湧流著徐徐的金色水流，從那座空中長橋奔洩而下。

長橋距離之近，叡辛甚至可以看得見上頭的一名少年正在洗馬。少年綁著金色短馬尾，他捲起灰藍色的褲管，精瘦的手臂挑起水桶時，背脊上隨之隆起淺淺的肌肉線條。

少年的斜前方，聳立著一匹高大漆黑的駿馬，馬腹正流下晶瑩而雄偉的水瀑，恰巧擋住少年的面容。叡辛只知道對方穿著短袖的墨黑上衣，腿部噴濺了幾道水漬。

老盯著高處的人兒不放，也瞧不見什麼。叡辛打了個呵欠，將視線移回房內。

他知道自己得好好享受這份難得的寧靜，至少先打個盹，安定一下精神吧！

恍惚之際，叡辛聽見了木桶落地與清脆的馬蹄聲，緊接著窗外便擦起一道低悶的短音。

那聲音粗魯卻迷人，像夜梟落在窗櫺前。

叡辛皺了皺眉頭，直到第二聲、第三聲短音落在他的窗邊。

王子終於不耐地挑起眼，往上望。

一名少年正微笑著蹲在高橋邊。他身子探得很近，一手拎著小石子。

「你是叡辛嗎？」那是明亮而豪氣的一聲詰問。

叡辛呆愣著點了點頭。

「那正好，終於見到你了。」少年說：「我是雅思明。」

「雅……雅思明？公主？」叡辛不掩稚氣，連忙推開窗戶。

「嗯，我就是。」雅思明微笑地蹲在石橋邊。王子逆著陽光仔細瞧，才注意到她那濺上水珠的細白脖頸，與淡粉的唇彩。極地野狼般的灰藍大眼與濃色平眉，溫和地舒展著。她不但是個不折不扣的女性，還是個美麗的女孩。

叡辛笑開了顏。「公主殿下，日安，我是萊欽城的叡辛。」

雅思明將身子探出牆垛，笑得憨厚，聲音悅耳如長笛聲。「呵！他們還要我梳頭和換衣服才能來。沒想到在這裡就見到你了，真巧，我都等不及了。」

「我也一直很想早點見到妳，我想向妳說明……呃……說明一些事情。」

「我也是一樣。」她直率地說，像是在對一個朋友展開日常談話。「我想，我們可能結不成婚了。」

「天啊……妳知不知道我有多感謝這句話。」驚訝與喜悅頓時溢上叡辛的臉。

他與雅思明相視而笑。

「喔！我帶了花，殿下。」叡辛抽開眼神，退回房間深處的陰影中，從行囊中拿出一串花束。

快步踏回窗櫺前，他抬臂將花束往上拋去。

花束飛進了白金色的陽光裡，穩穩地落進雅思明修長的雙掌中。

看見那花束飛翔與雅思明笑著的模樣，叡辛也瞇起綠眼微笑。「就算當不成夫妻，或許……我們能成為很好的朋友吧？」當時，他這麼想道。

Chapter 3

南與北的五年

死亡能夠改變一切。死亡能使活著的人更加靠近，也能讓他們更加疏遠。

對於克萊納而言，雅思明之死，更是他回到南沙藍諾的理由之一。過去的五年，他幾乎都在北沙藍諾練兵，以便替自己爭取親衛隊監察長的有利職位。

昨天下午，隸屬於聖鎧殿騎士團的克萊納正在教練場上訓練騎兵跑操。而今天早上與下午，他也重複做著一樣的事情，只不過，練兵地點從北方移到了南邊。

生活還是繼續著，雖然有些事已不復以往了，但克萊納知道，最大的危機並不是在自己身上，而在整個沙藍諾城邦本身。

偶爾他會發著楞。思緒彷彿有一半是由空白的痛楚所組成的，那片空白的色澤，大概就像清晨的水霧一樣璀璨卻詭譎吧！

一片白茫茫的幻覺，令人看不清前方，一如克萊納看不清沙藍諾大地的前方，既不曉得該放慢腳步，還是大膽疾馳。

天邊的火球垂落地表，白晝終於遠去了。

滿布塵沙的訓練場上，克萊納策馬前行。他英偉的身影穿梭過一片黑沉沉的頭盔、披風與胸甲。那是士兵們所組成的沉重人牆。在一組組完整的金屬軀體之間，克萊納英氣蓬勃地呼喝著操練令，重新鼓舞軍士們跑開收操的陣形。

舉起紅豔豔的操練旗，克萊納拿下沾滿汗水的頭巾與金屬面罩。教練場上沒有任何流動的風聲，只有遠放的軍鷹在不耐地低鳴。

彷彿在催促著獵物。

城牆下站著兩名大臣，他們帶著紙製的哀悼面具，正在等待練兵結束的將軍。汗水涔涔的克萊納大步走來時，他們還特別觀察著他的表情。

凡是在宮裡待過一段時間的人們都知道，這兩天來，克萊納理當是最心痛的人，然而，卻一副平淡自若的模樣，不論是高舉號令旗的姿態，或是他朝前闊步的氣度……

完全也看不出異常之處，彷彿雅思明誕生二十年來的每一日都是如此。

鐵灰色的護顎面具只遮蓋了克萊納的下半臉。大臣們依舊看得見那雙俊傲的眉梢、汗溼而散亂的暖棕色短髮，與帶著溫敦氣質的藍眼。

克萊納朝兩位朝臣友善地點點頭，此時，他身後的白馬坐騎躁動了一下，似乎捕捉到了主人的某些思緒。

身後傳來了一聲類似邀約的詢問。「將軍大人，今晚您也來一起守靈嗎？」

克萊納微微頷首。「是，會去。」

他後腳才離開，兩位朝臣就開始竊竊私語起來。

「雅思明公主要是看到他那種冷漠的表情，八成會流淚的，竟然第二天就恢復正常了……」

不過，這兩人好歹也是堂堂的沙藍諾重臣，說到嘴邊的話就此打住。汗如雨下的士兵們牽著各自的愛騎，邁著重步繞開他們，朝城垛底下的石門與長廊前進。

回到碉堡，掩起浴室的沉重木門，克萊納褪去了鎧甲，在滿是蒸氣的空間中打顫。

原本他曾以為，自己是為了守護雅思明來到這世界上的，這是每個從軍的烈士都應抱持的想法，更何況還是專門護衛皇族的親衛隊隊士。

不過這五年，地理的距離與逐年往上的軍官位階，卻讓他與公主疏遠了許多。

當雅思明年幼時，他們的確是朝夕相處的。多數人都認為，雅思明能平安來到這世界上，是因為克萊納的緣故。當然，這件事原本只是巧合——在一個爽朗的春日午後，莎皇后在花園裡因腹痛倒下，隨行的宮女都是群小丫頭，而克萊納是唯一敢於揭起皇后裙擺，以雙手接過血淋淋王儲的人。

當時他也才十五歲，入隊不滿半年，身邊還得跟著一名親衛隊訓練官。不料那官員只是個初出華宅的富家子弟，從沒看過女人痛號與下腹出血的模樣，一時竟也拿不定主意，而克萊納就這麼有驚無險地接生了沙藍諾皇族的長女。

理所當然地，國王重賞了克萊納，並指派他為公主的貼身護衛。往後的十幾年中，他幾乎沒有離開過她身邊。

「克萊納，你不必有所拘束，也不必考慮太多，往後的日子還很長，就把雅思明當作自己的妹妹吧！」

「是的，末將當效犬馬之勞。」

他如此回答著。當時的克萊納尚未經歷變聲期，卻硬將聲音壓得粗獷威嚴，如今想來實在是有些可笑。

此刻，結束練兵的克萊納跨出澡桶時，不禁摸了摸自己的喉結，彷彿一切仍歷歷在目——小雅思明那張皺巴巴的嬰孩臉孔，國王那不卑不亢的真誠眼神，以及滿室賀客既羨慕又溫柔的注視。

她……真的不在了嗎？

♛

「今晚我一定要見到克萊納。」叡辛對米妍說，而她只用一個無可奈何的表情看看他，繼續手邊擺置餐盤的工作。

有些急了，叡辛索性跟著她穿梭在飯堂。「妳等等再忙嘛！離上菜還有一小時啊！」

叡辛緊跟在米妍身邊，繼續問：「我想知道，為什麼這麼重要的男人，昨天被公主的死訊召回南沙藍諾之後，就自己默默離開了……到今天為止我都沒看見皇室成員和他私下談話。」

「國王還在的時候，私下談話的情形比較常發生。」

米妍把寫著答案的記事簿拿到叡辛眼前。

由於潔斯站在門廊處死瞪著，叡辛只好識趣地走開，讓宮女們做完分內的事。沙藍諾宮廷偏愛典雅的木造大宮殿，在食宿方面也非常簡約。就拿今天的晚餐來說，一共只有三個侍女在負責料理晚餐與端盤。她們穿著深藍色的褲裙，十分俐落地在殿堂中行走。樸素而高聳的天花板與大梁讓人頭昏，叡辛只得找個窗邊的位置坐下。

他有點累了。今天從早開始，心情就不太順暢。那些大臣們竟然在早餐會議上決定要讓雅思明於後天出殯，而昨晚還頗能表達己見的黛皇后，今天卻幾乎什麼也沒說。

叡辛猜想，黛皇后大概是要替自己的親生兒子們爭取未來的繼承權，才決定暫時保持沉默吧！畢竟不是雅思明的生母，她大概也另有盤算。

而潔斯則是一早就緊急地衝進塔樓的寢室，和叡辛促膝長談了約兩小時，還因此差點趕不上早餐。她耳提面命的用意，還是要叡辛認清自己目前在沙藍諾皇族中的定位。他們將會多留幾天，以確保萊欽與沙藍諾的商會結盟，能夠順利通過公民會議的決議。

「目前我們也沒有其他策略了，不外乎就是『不卑不亢』、『少管沙藍諾人的家務事』等等要則，潔斯一直在我耳邊叨唸著這些原則，就算天突然塌了我也能脫口背出了。」叡辛想道：「當然，要做到這些原則是非常困難的……特別是要在那些喋喋不休又劍拔弩張的社交餐會中，得一面努力填飽自己的肚子，還得一面看牢自己的嘴巴。」

第一次來沙藍諾時，叡辛幾乎是感覺不到這種拘束的。

還記得他與雅思明那不到兩小時的自由對話。

那是一場愉快的對談。他倆在夕陽下的城牆上並肩而坐，雅思明的黑馬也和他們一起眺望浩大的天空。

叡辛遠眺萊欽城的方向，雅思明也追隨著他的視線。

不論是石牆那粗糙而乾爽的觸感，還是他們這對準新人所嗅聞到的彼此鼻息……那一刻，叡辛真正感覺自己活著。

也許是因為感覺徹底活過了，這兩天發生的事顯得虛假又奇怪。

叡辛相信米妍也和他有著一樣的感覺。他倆的視線常在滿室的閒雜人等中交會，而她也總是立即回應叡辛提出的問題。

他的確有很多疑惑，這也是他急著想和克萊納說上話的原因。

「不知道為什麼，克萊納看起來和皇后殿下與其他朝中重臣都不太親近。相反地，在我的城邦，軍人願意和僭主的家族同桌吃飯，反而會視為家族的榮耀。」叡辛想了又想，正打算離開巡靈儀式，這種詭氣森森又制式的集體活動，其實也不太適合他。

此時，米妍卻拉著他走到廚房的側門邊。她仰起頭，手指著南邊。

「練兵場。要跟他單獨說話，現在就要過去，邀他參加儀式。」

「妳叫我現在過去邀他？但連我自己都不想去那個儀式了……」叡辛承認自己動搖了。

「儀式中，隊伍會拖得很長，要找人講話沒有比這個更好的時機了，搭話也很自然，所以你一定要參加。」

「聽起來是個不錯的主意。」叡辛被說服了。

「我也想看他。」

「妳說克萊納？」

她點點頭。米妍提到克萊納時，眼中充滿擔憂。雖然她很年輕，卻比叡辛這個外地人還瞭解克萊納的事。幾年前，這裡的人們大概都把雅思明和克萊納的事情當作家喻戶曉的故事傳頌，直到他遠走北方。

米妍走在叡辛前頭帶路，她的步伐一向是那麼急。叡辛心想，沙藍諾的女孩走路似乎都挺快的，雅思明也是。

和米妍走近操練場邊的碉堡時，兩旁重裝備整的軍士們自動往兩旁一退，他們腰間的長劍擦上鎧甲，整齊地猛然一震。

彷彿無視於大批軍士的注目，米妍毫不遲疑地轉進結構複雜的石廊，帶著叡辛在一處酒紅色的廳門前停下腳步。對開的沉重門扉上，用墨汁和金粉畫著一隻舞爪的飛鷹。

叡辛與米妍站在門旁等克萊納出門。他應該正在更衣整裝，準備前往正殿參加眾臣們的晚餐。

軍靴的腳步聲近了，克萊納輕輕推門而出。光影分明的大廊裡，他那抹毫不矯情的淡淡哀愁，正自然流露著。褐髮將軍皺著眉，凝視昏暗光線裡的少年王子。王子的黑髮剪得短而俐落，髮色卻耀眼如畫，身著絲絨黑服。

少年的眉宇間帶著一抹青春的瀟脫，真誠的綠瞳炯炯如星。

「王子殿下。」克萊納低下頭朝對方行禮。

他自然認得眼前的人是萊欽城的叡辛王子，昨夜主持守靈儀式的人。將軍向王子行禮的同時，叡辛也略帶倉皇地做了同樣的動作。

克萊納也與米妍打了個照面，女孩對他微笑。

她看得出叡辛的思緒相當紊亂，但他卻依舊率真地回視著克萊納。

「將軍，久仰大名，終於見到您了。我是叡辛．霍爾克斯。」

「王子殿下，幸會，恕末將怠慢了。」克萊納屏著氣息行禮。「這幾天忙著整頓軍務，尚未和宮廷的貴賓們碰面。」

「沒關係，其實是我自己懶散了，我應該要主動來找將軍您的。」叡辛握住將軍的厚掌，再困窘地放開。「雖說……我們已經在昨晚的守靈儀式見過了。」叡辛緩和著說話的節奏，低下腦袋晃了晃。「抱歉，我沒睡好，現在也說不出什麼有禮貌的話，只是想來邀將軍閣下參與今晚的守靈活動，我想您也發現了，宮廷裡似乎有很多複雜的事情……」

「恕末將直言，殿下……雅思明殿下的事情，還請您節哀順便。」

叡辛傻了一下，克萊納搶先說出他想講的話了。

米妍輕柔地抓了抓叡辛的衣擺，暗示他別想太多。

「至於沙藍諾城與萊欽城即將簽約的事情，末將也聽說了。」克萊納用正直的藍眼望著叡辛。「殿下請不必過度擔憂，若有需要末將效勞之處，請儘管提出來，在下當盡一己之力協助您。」

叡辛感覺一陣暖意流進了骨髓裡，這反應也寫進了他的表情。「將軍，我真的不知道該說什麼，謝謝，謝謝您……那麼，先不耽誤您的用餐時間了。晚上守靈見。」

克萊納朝王子行了告退禮。

叡辛轉身時，彷彿聽見克萊納鬆了口氣的輕嘆聲。此刻，侍女緊緊揪住王子的袖口，眼淚不爭氣地落了下來。

他拍了拍她，王子知道，他們遠比自己更悲傷。

Chapter 4

水光中的回憶

翠夫人宣布，後天傍晚雅思明就要出殯。

而今晚入夜後，宮內的重臣、要將、隨侍人員，還有從遠地趕來奔喪的皇族成員們，全都跟在手持燈籠的僧侶後方走著。燈籠垂掛在高聳的竹架尖端，彷彿宇宙中的唯一星點。沙藍諾人相信死者的靈魂會跟隨著這些燈籠，在離開人間的最後一段時間中，找到自己的歸途。

厚重的夜雲覆蓋在平頂闊窗的宮殿建築上。方正而疏落的各幢殿堂，彼此保持著遠遠的距離，大殿之間則由矮房、廊道、疏落的林徑、行跨天際的城牆所填補。深遠的樓影一重重地投射在水池、蔭道與長廊的磚瓦上，雜沓腳步聲交雜在平靜的祝禱文之中，讓冬日的夜鳥也不禁哀怨地鳴叫起來。

身著白袍的年輕祭司，正舉著象徵公主靈魂的一幢黑紗走在最前方，五十多人的隊伍浩浩蕩蕩地一一穿越了五座殿廳，四處可見城牆上的黑曜石顆粒正隱隱閃爍。

克萊納走在陪靈隊伍的最後方，遠遠落在皇族與要臣之後。

死訊發布時，他正佇立在北沙藍諾的丘陵地上，和神使們一起預測除夕夜晚的風向。來自沙藍諾的使者一宣讀噩耗詔書，克萊納跪地致哀，率先脫去了頭盔。

而刺眼的午後豔陽，就趁著這個空檔盲了他的眼睛。

當時，山嵐凶猛地撲咬著所有人的睫毛，不過，克萊納並沒有給自己落淚的理由。

「將軍，您要回去奔喪嗎？」一位朋友當場針對他提問時，克萊納的腦中甚至還一片空白。

回去看看吧！他是這麼想的。

而五年前，克萊納被調遣到北沙藍諾駐守時，也是抱著這種心情。

「去看看也好。」這是他對沙藍諾皇族、內閣大臣、親衛隊監察長所提出的共同軍令的回應。許多人甚至以為他在演戲，他們原本以為，克萊納只是在用一貫溫和的表情來表達抗議。然而，從接到軍令的那一刻開始，某種讓人猜不透的表情，就如面具般黏附在克萊納的臉龐上，除也除不掉了。

別人讀不懂他的表情，他也學著不去在意別人的。克萊納的表情變得平淡而難懂，他也不想再多費工夫與人交心。

抵達北沙藍諾之後，克萊納也改變了寫日記的習慣。

既然雅思明已從他的工作職務中消失，公主的名字也不再出現在克萊納的私人日記中，取而代之的，是偉大的沙藍諾之名、新的軍務細節，還有每日的飲食與體能訓練紀錄。

克萊納迷上了收集金屬頭盔與面具，雖然那有些沉重悶熱，他卻可以盡情在頭盔裡嘯喊著軍操令，能恣意地扭曲臉孔，更不需在意紊亂的髮絲與溼糊的汗水。每一天，他都抬頭挺胸地在操練場上策馬衝刺，誰也看不清他的臉。

然而，今天的巡靈儀式無法戴著金屬面罩，克萊納感到有些不安。如今重回舊地，克萊納不免擔心自己會太過觸景傷情。他已經有五年未曾再見過宮殿裡的某些角落。

祭司和僧侶的歌聲從前頭飄了過來，在清透的夜色裡顯得特別動聽。他們唱的，多半是獻給死神的歌謠。

在失落大陸的傳說中，德昂女神是與冥神克魯夏共結連理的。正義女神與死神的婚姻，總是帶給德昂教徒無限的想像。死神，對於克萊納來說就像是熟悉的老友，一位親切的老友，因為，祂總是輕易地鬆脫他的手。

克萊納最接近死亡的一次，是在十五年前的某個夏夜。那是個炙熱難耐的夏夜，就連最冷靜的刺客都想蠢蠢欲動。

凌晨四點，第二親衛隊護送著旅遊歸來的皇族，步行經過北殿長廊。

克萊納年方二十歲，成為正式隊士還不滿兩年。那晚，他跟著眾隊士往前走，還記得一陣夜風突然吹過前方莎皇后的披風，上面的星斗綴飾泛起一陣光澤。接著，廊上的十五個白燈籠立刻全滅。克萊納像隻鬥犬般俯身往前衝，將公主護到身後的那瞬間，敵人的血便噴進他眼裡。瞇起眼，他咬牙將小公主抱了起來，往內廊拐去。

「殿下，待在這裡。」他甚至沒能好好把話說完，就急著跑回人影雜沓的廊上。

「皇后陛下呢？」一片漆黑之中，有人問著，但話聲還沒落畢，克萊納就聽到人體倒下的悶重聲音。

霎時間，有人從後方握住了他的劍鞘。

克萊納往後一踢，卻翻倒在對方腳下。他急忙挺腰躍起，踢斷了那人的頸椎，雙手往地面找劍。

克萊納觸到了溼黏的血液與那片深藍如夜的軍用披風，他突感胸口一陣脹痛，不知打哪飛來的暗器正鑽向他的鎖骨。就在克萊納恍惚之際，披風的主人持刀刺向了他。

對方是親衛隊的人。

「有內奸！」二十歲的克萊納仰首嘶喊著。他慌亂地站起來，揮劍砍向敵人的軀幹，敵人的血液也一次次地噴濺在他的藍色瞳孔上。一片腥臭的黑色，如巨獸般撲倒了他。

「有內奸！」克萊納忍住劇痛高喊，但再也沒人能回答他了。

那是當朝皇室所遭遇的第一次政變。莎皇后當場斃命，國王陛下則傷心欲絕，日漸病弱憔悴。

當年輕的克萊納再度睜開眼時，輝煌如金的陽光也迎面襲來。他能嗅到自己胸上的大塊血斑，每吸一口氣都痛徹心肺。克萊納這才了解到，自己還活著。

如果死了的話，才不會這麼痛呢！

克萊納感覺到自己的淚水正滑過眼角，朦朧的光線之中，才五歲的雅思明正凝視著自己。

透過公主紛亂的瀏海，他看見她堅毅的雙眼與羽毛般的眼睫。雅思明蹲在他身邊，使勁地伸展雙臂壓住他的傷口。

血，將她小巧的指甲染成了酒紅色。

克萊納伸掌按住胸口的箭，也握住了雅思明的那雙小手。

他努力從喉嚨深處擠出急切的嗓聲。「公主殿下，您還好嗎？受傷了嗎？」

「不痛了，不痛了。」雅思明非但沒有回答他的問題，反而閉起了琥珀般的雙眼安撫著他。「阿克……」她用親暱卻沉重的童稚嗓音問道：「我們死了嗎？」

被喚作阿克的年輕騎士，哭出了聲。

他喘著氣勉強坐起。廊上，滿地的屍體映入眼底。一陣巨大的空虛與罪惡感，如寒空的碎片般刺入他的身體。

「阿克，我們死了嗎？」小雅思明又問道。

「沒有，我們活著……我們還活著。」

雅思明為什麼會覺得自己死了？一定是因為所有人都倒在血泊裡，才給她這種錯覺吧？克萊納雙手掩面，號哭起來。

「殿下，對不起……對不起……」

而這位公主僅是緩緩往前，用力地抱住他。克萊納的手被她的雙臂所禁錮，無法動彈，他發抖著，貪婪地吸吐黎明的鮮涼空氣。

淡金色的曙光如棉絮似地，在遠端狂暴的海洋上空攪拌。

♛

「最好別讓人發現你沒去巡靈。」潔斯對叡辛說。

無奈地背對著她，叡辛透過鏡子戴起了紙面具，打量著自己。

「我不知道沙藍諾人那麼愛面具。」

「不，是因為歌頓王朝愛面具，這是受文化影響的關係。」潔斯不忘機會教育。「你知道，當歌頓王建立沙藍諾城時，也一併把自己的文化建設帶了進來，不像萊欽城，他們總認為我們是個野蠻的土財主城。」

「我一向都在歷史課睡著的。」叡辛聳了聳肩，看見鏡中那個傲氣的自己時，不知道為什麼，心中有種詭異的勝利感。

他喜歡自己這透明卻也深沉的綠眼，它們擅於應對別人的目光，當別人怎麼看待它們，它們也就用同樣的態度回視過去，彷彿鏡子般直接。就像潔斯總認為叡辛是個淺薄的愚昧男孩，而他也不想多加證明什麼。

因為，這世界上總是會有人覺得他聰明。例如，雅思明。

雖然與她相處的時間十分短暫，那幾小時的回憶卻好比紙卷上溼透的水花，一路蔓延暈染，搞得叡辛的心頭一片昏沉。

他抿了抿脣，望著鏡像的同時，也察覺到了潔斯落在後頭的嚴苛視線。

「你最好多複習點歷史。」潔斯用那又厚又低的女教師口吻說，硬是將叡辛的好動思緒拖回正軌。「現在就開始，我把綠皮書帶來了，好好研讀，否則你一定會後悔的。」

這可真是個嚴重的威脅。叡辛抽過眼神和她對望，而她就像是早有準備似地板起臉孔。

「殿下，您或許還沒聽說，但我已經聽到了風聲。」潔斯揚起了聲調。「歌頓軍政府這兩天就會派將領來參加葬禮了。好歹沙藍諾皇室也有著部分歌頓血統，雖說他們都是土生土長的沙藍諾皇族，不過，早在幾代之前，這些沙藍諾皇族都是歌頓一脈相傳的血統。他們這次來，也是有認親和傳承的意味在吧！」

「建議若歌頓真的派人來了，你要保持低調冷靜，就讓沙藍諾王族去應付即可。」潔斯用那張空白的臉提醒著叡辛。「你應該當個局外人好好觀察並提防每個人，而不是要討好任何人，或幫誰出頭。」

「我只是想要替我們的萊欽城找個盟友而已。」叡辛辯解道：「這不是妳教我的嗎？」

「我知道你想做什麼，所以才擔心。」潔斯平靜地答：「就算你接近那個宮女或那個將軍又有什麼用？跟這些不重要的傢伙廝混，別人只會把你說得很難聽。」

「什麼那個宮女、那個將軍的，妳連他們的名字都不記得，卻在這邊叫我別接近他們！」

「你現在需要的是替萊欽城的未來著想，克萊納又能幫你什麼？等到喪禮辦完他就會回北沙藍諾去了。克萊納原本就只是一個過氣的軍人，你不知道嗎？五年前，他們就是怕雅思明和他走得太近，才把他調去北方。」潔斯又用那種世故而豁達的表情俯視著椅子上的叡辛。

這次，叡辛是真的生氣了。

「妳竟然拿那些八卦來勸我……別用那種語氣隨便論斷人。如果沒事的話，讓我獨自靜一靜。」

潔斯識相地告退，把叡辛留在空蕩蕩的房間裡。

就在這秒開始，他開始想著，雅思明為什麼會死呢？這鐵定不是意外，而是一場計畫。

是誰的計畫呢？

「雅思明，是妳的計畫嗎？」叡辛問著窗外的暗夜。

「不能在這裡浪費時間了。」在桌上留了外出紙條，叡辛悄悄溜出塔樓。

Chapter 5

公主的宣告

米妍尚未為雅思明的死而掉過淚，當她和其他侍女一起進入公主房間，展開遺物的整理工作時，她告訴自己，這只是工作的一部分。

為什麼要悲傷呢？米妍問自己，雅思明感覺仍近在身邊，看她的深藍色披風、軍褲、白色蕾絲襯衫與綁帶長靴，它們被擺在衣櫃外頭的桌面，微微伸展著袖口與褲腿，看起來就像是一個扁平的人形。

彷彿隨時就能坐起身來。

米妍盯著那套服飾出神，直到最年長的侍女用紅腫的雙眼注視著她，她才伸出顫抖的手，將那套衣靴都收進箱子裡。

不久，雅思明的房間就堆滿了箱子，通風的竹編箱子雕花繁複的木箱子……大大小小各種箱子，它們一次次地張開大口，將雅思明那擱置在床邊、桌上、梳妝台上、椅子上、地板上的各種日用品，一件件吞噬入腹。

漸漸地，雅思明的房間成了個只剩下家具的房間。除了她生前最喜歡的落地窗竹簾、與星藍色紗罩之外，其餘的生活痕跡都悄然褪去。

看起來就像個客房似的。

米妍情不自禁地再度走入公主的房間。

不久前這裡還充滿了侍女與前來調查公主猝死之謎的親衛隊士。但現在，這裡只有她一人。

「公主，為什麼要離開我們……」米妍慶幸自己不需說話，以往也是這樣，她只需在心底發聲，雅思明便會頗有默契地轉頭注視她。

雅思明有雙漂亮的眼睛，晨曦般的灰藍瞳仁帶著神祕感，精巧的內褶眼皮讓她看起來既犀利又聰慧，不像是這年紀的女孩應具備的可愛與愚昧。

然而，雅思明確實可愛，也的確天真，有時還會像個小女孩般手舞足蹈。米妍想著，其實雅思明不過就是個女孩，一個讓人敬愛的女孩，她的尊貴不在於外表的華麗服飾——事實上，她也不太穿戴著華麗服飾，而是以恬淡色系與輕便的褲裝、短靴為主。

米妍想著，倘若雅思明不是一個被擺放到王座上的漂亮公主，她或許會領軍打仗，或成為一個畫家、作家之類的人物吧？米妍望著象牙色的收納箱，她記得雅思明常從裡面拿出一本又一本的厚重古籍，興致勃勃地講述著書中的魔法。

公主口沫橫飛的模樣，總把個性外放、卻無法說話的米妍逗得呵呵大笑。

這些年來，莎皇后遇襲死去、國王病逝，公主一直很少提起父母的事，米妍能瞭解她心底的寂寞。

「克萊納也離開後，雖然翠夫人與後母黛皇后仍對公主非常好，但她一定勢必也有深藏不露的心事……」米妍難過地想著，如果自己天生就會說話，或許她能與公主更親近一點。

或許，也更能幫上叡辛與克萊納的忙。

♛

池畔，克萊納微微發顫著，冬日的幽暗水光打在他俊美深邃的側臉上，映著他眼角下的淺疤。冷風鑽入前廊，池水泛起銀茫茫的光，弄花了將軍的視線，他在淚意中驚醒過來。

有人正走向他。對方的身形纖瘦修長，一頭烏黑短髮正熠熠發亮，藍色的披風飛舞在斜射的木殿陰影下。

對方邁步的樣子，有如一匹桀傲的馬兒。

「是誰？報上名來！」克萊納將手放在劍鞘上。

眼前的叡辛正驚愕地回視著他。

「對不起，殿下，恕在下……」

「哈！會不約而同地來到這裡，我們也挺像的嘛！」叡辛爽朗一笑，想瓦解這位將軍的困窘。克萊納起身致意，右手握拳舉至胸前。

叡辛也回禮。

接著，他疑惑地望了水池一眼，王子知道巡靈的隊伍已經走遠，不過他仍舊因克萊納接受了他的巡靈邀請而感到欣慰。

冰藍色的月光在波動的水面跳動著，將克萊納與叡辛一高一矮的英挺身影染上一片銀霜色。

「您果然還是來巡靈了啊！」叡辛客套地再打破沉默。

「不，在下並沒有完成巡靈。我……脫隊了。」克萊納低垂著視線，恭敬答著，而叡辛也沒再直盯著他的臉。

他思考著自己該說些什麼。

「那……您看過她的遺容了嗎？」叡辛問。克萊納搖搖頭。

「若您願意的話，去看看吧！」

皇族以外的人，並不能隨便探視死去公主的遺容。叡辛此刻提出的，是一個溫柔的邀請。克萊納感激在心，但他依舊拒絕了。

即使正低著頭表示敬意，克萊納仍感到叡辛的視線帶著溫熱的關懷與同情，但他實在不喜歡後者的情緒。

「大殿現在應該沒有別人。我可以請衛兵先迴避一下。」叡辛望著高大溫吞的克萊納。

克萊納總算將頭抬了起來，眼神開始動搖，卻依舊沒有回話。

「那好吧！我先回靈堂了。我也不喜歡跟著巡靈那幫人轉來轉去。」叡辛說著，明快的語氣，讓陰暗前殿的氣氛不再昏沉。

叡辛逕自邁步，朝雅思明的靈堂而去，而克萊納微微殿後，維持著恭敬的距離尾隨。

「殿下，晚安。」靈堂的高聳大門旁，軍士們恭敬地讓出一條路讓叡辛通過。

「靈堂裡留我守靈即可，請你們先到外頭休息吧！」叡辛對門內的衛士說著，隨後掩上了沉重的大門。克萊納跟在這位外邦人後頭，不知道為什麼，他感到有些卻步。

看樣子，叡辛是幫他幫定了。克萊納已經很久沒收到陌生人的好意，而他對雅思明的思念也已超越了原本的矜持。

藍眼騎士終於邁開了第一步。軍靴躊躇地點了一下，隨後便筆直朝棺木前去。站在空無一人的木殿前台，王子正環視著四周的白色紗幔。雅思明的棺木就在他身側。

「雅思明之前就告訴過我，我們不可能成功結婚。」叡辛那單薄而悅耳的聲音從前方幽幽地飄了過來。

克萊納抬頭正視王子的神情。

「一見到我的時候，她說得很明白，不想結婚。這件事說出來也不光彩，不過……我認同她的意見。」王子回頭望向克萊納。

「末將……末將對這樁婚事的始末並不清楚，可能無法提供意見，還請您見諒。」克萊納謹慎地答道。

叡辛不明白克萊納那番成熟的用心，孩子氣地張了嘴又想繼續說明，直到克萊納別開目光。

「好，那就先不打擾了。」叡辛站到黑色木造大殿另一側的角落。他知道，唯有自己停止注視，克萊納才能安心見雅思明最後一面。

「殿下……」先溫聲地喚了一句，克萊納像數年前那樣喚著雅思明，原本仍猶豫著要不要開棺的他，終究輕柔移開了木柩蓋子。

一注視到那雙緊閉的雙眼，克萊納就落下了淚。

他笨拙地用戴著皮手套的手接住自己的淚珠，手在美麗的遺容上空劃過一道殘影，要是以前，此刻肯定能聽到雅思明親暱又輕盈的笑聲吧？

克萊納望著已經進入永眠的公主。

一身酒紅禮服的她，正躺在滿是花環與綠葉的棺木中，粉橘的雙頰上了妝彩，睫毛輕如雛鳥的羽毛般，揚在閉著的眼窩上。

雅思明小巧的唇線微揚，看似在微笑，彷彿隨時會因克萊納的注視而醒來。

「阿克！你回來看我了嗎！」她一定會驚喜地瞪大眼睛這麼說。

聽見自己的哽咽聲時，克萊納警戒地回頭，確定沒有人看見自己此刻的神情，終於，他倉促心亂地闔上了棺蓋。

不能再見她了，停止愚蠢的妄想，讓她安心地走吧！克萊納強硬地在心底告訴自己。

「安息吧，殿下……見到您最後一面，我也就放心了。至少，您看起來就跟我記憶中一樣明亮、快樂。安心前往天國吧！讓德昂女神也能共享您的美好。」克萊納將最後的淚水噙在眼眶中，跪在靈柩前好一陣子。

這時，他才由衷感謝起叡辛方才的用心。

而這名年輕的王子正站在門外，望著深夜的藍色皇室建築。

克萊納心想，那些風景有什麼好看的，王子一定是為了讓他保有尊嚴，才將視線投得如此之遠。

「殿下……謝謝您。末將已經見到公主殿下最後一面，讓我護送您回寢室吧！」克萊納努力做出明朗的表情，朝叡辛做了個恭請帶路的手勢。

「您剛剛說，公主自己提過不可能結婚，很抱歉她說了這麼失禮的話。」克萊納說。

聽來雅思明跟以前一樣完全沒變，對於信任的人就是想說什麼便說什麼，從這個角度看來，她初次見面就非常相信叡辛。

克萊納默默觀察著眼前的萊欽城王子，帥氣青春的外表下有著騷動的靈魂，綠色如貓的眼神充滿好奇與謹慎，似乎是個不愛洩漏重要機密的可靠傢伙。

也許值得信任吧！克萊納才替雅思明道完歉，叡辛就熱情地把事情解釋了一次。

「將軍，您誤會我的意思了。我一點也不覺得失禮，相反地，我認為這是公主深思熟慮後才做出的決定。當初父親要我結婚，從交換畫像及書信，到出訪、訂婚，這過程本來就非常倉促，倉促到讓我感到很不安。雅思明公主一定也是認為沒這個必要吧！」

「原來有過這樣的共識。」克萊納十分驚訝，因不便以自身的身分多加發言，只是聽著叡辛用平穩的語調說明。

將軍不時抬頭望著漆黑長廊的盡頭，隔牆有耳，這種事他不可能不曉得。何況，宮廷中守護軍機與皇室安危的親衛隊，總是像蝙蝠一樣潛伏在各處，聽取四面八方的情報。小至侍女與馬夫的調情對話，大至皇后與國王的晚宴耳語，只要他們認為有必要，該聽的都聽得見。

親衛隊是與王族最親近的一個組織，也是聖鎧殿騎士團中最優秀、年資最高的精英才足以勝任的職務。已經有隊士資格的克萊納正是為了調回沙藍諾宮廷，繼續用幹部身分在第一線守護著王族，才願到北方軍營接受訓練的。

這五年間，他想著的事情很簡單，那就是回宮。如果能再度回到公主身邊，那就是達成理想了。

當然，這種心底話，可不能對任何人明說。

想著想著，克萊納望向當下侃侃而談的叡辛，他的世故中仍有幾分天真。

「殿下，您的寢宮是在那個方向吧？」適時提點著外邦人叡辛的步伐，克萊納默默地陪在他身邊。「方才的對話，末將都記在心底了，當盡聖濟廳騎士團奉德昂女神親下的命令，謹守保密的義務。」

「哦……不用這麼拘謹啦。」叡辛苦笑道：「不過，這些話我沒對那些王族長輩們說過，反正事到如今……也結不成婚了。」

「不，宮中有很多眼線，還是請您謹言慎行。」

「沒想到你也跟我的家庭教師潔斯一樣無聊又緊繃啊！」叡辛雖聳聳肩，眼底卻也流露出對克萊納細心提醒的感激。「總之，知道了，我會注意的。」

克萊納望著高掛在雄偉城牆外的新月，忽然悠悠一問。「殿下，您去東邊的森林打過獵嗎？」

「不，殺生不是我的興趣。」叡辛不給面子地說，眼底甚至露出對殺害動物者的嫌惡。

當然，克萊納知道這句話不是針對他而來的。

「在下認為，打獵的重點不在於殺生，而在追蹤獵物的過程。」克萊納微微傾身。「末將向您道聲晚安，請上樓去吧！」

「嗯……」有些意猶未盡的談話。叡辛望著褐髮碧眼的英俊騎士對自己行禮，心想著，這還是他到沙藍諾宮廷以來，與自己說過最多話的男人。

克萊納一定很悲傷，卻掩飾得如此之好。

不過，忽然提到打獵又是怎麼一回事呢？

「啊！我懂了，原來如此。」聰慧的叡辛，這才恍然大悟。

♛

經過一重重的木造廳殿與銀黑石堡，行走過幾百公尺的冰涼石階，克萊納才回到自己位於東殿後方的訪客塔堡，這裡主要是作為訪客廳室使用，此刻也住著其他遠駐外地、趕回來奔喪的軍臣。雖然夜深，還是能聽到有人演奏著悲涼的歌曲，也聞得到宵夜的淡淡啤酒味。

方才經過掛滿藍白三角旗的親衛隊堡寨時，克萊納發現自己還真有些懷念當時居住在那的感覺。他從軍校畢業之後就以實習兵的身分誤打誤撞留在公主身邊，雖然有了親衛隊分隊長的名分，但想要成為整個親衛隊的統領仍有一段距離。軍中一向人才濟濟，同屬聖鎧殿騎士團的幾位前輩也始終在他之上，克萊納的晉升之路並不特別順遂。當然，升官什麼的其實無所謂，克萊納一向只希望自己為雅思明公主盡份心力。

「喂，克萊納！別假裝沒看到我們！」微醺的前輩里昂，在城堡側室的休息廳叫住他，原本優雅旁分的棕髮也紊亂地散下。

守靈夜是不能喝酒的，但克萊納不想掃興，里昂多次照顧他，就像自己的哥哥一樣，如今也是好幾年沒見，克萊納笑著朝他揮手。

進入休息室，大夥兒在絨布長沙發上排排坐著，全是好久不見的熟面孔，以前大夥兒曾經一起受訓、一同在山泉底下淨身、徒步追蹤敵人，都是出生入死的好夥伴。為首的里昂高大健壯，有頭沉穩捲曲的棕髮，像頭粗壯果敢的砲兵拉車馬。

克萊納與他輕輕互擁肩頭，笑道：「真是好久不見了，據說你這幾年都在海軍？」

「你才是跑到北方神隱去了！都沒看到你！」里昂一把勾住克萊納的脖子，克萊納這才意識到，這群將官早已沒有晨間操練時的威嚴，全都聚在一起喝著悲酒。

這行為已是破了守靈夜的戒令，換個角度來說，這都是現任總領史賓治軍不嚴的後果。

但，也看得出大夥兒是真的很傷心，雖然都是一群中高階幹部了，卻還像小毛頭一樣，冒著被懲處的風險在此借酒澆愁。

里昂揉了揉克萊納的胸口。「欸……你再不回來，我們還以為你難過到自殺去了。」

一旁的同儕也附和道：「是啊，應該心痛死了吧？畢竟是雅思明公主。」

「不至於吧！」克萊納做出更加有精神的淺笑。「當然會難過，但比起悲傷，我更覺得奇怪，御醫說公主的死因是猝死，難道沒有人起疑嗎？」

「小心有人說你煽動叛變喔！」里昂先是指著克萊納的鼻子嚇唬他，但一見到晚輩果真露出老實的震驚神情，里昂再度露出促狹笑容。

「跟你開玩笑的啦！這裡又沒有別人！都是同期老戰友了，怕什麼！」

「還是跟以前一樣死正經啊！克萊納，你這種個性怎麼還沒升官？我們都已經自甘墮落了，未來能往上爬的只有你了！」另一位同齡的戰友高盧也打趣道。男人就是如此，無論幾歲，光是敘舊時聚在一起說些渾話，就能舒緩平日累積的高壓。

但，克萊納不同，坐了一會兒仍滴酒未沾，只顧著扶住身旁紛紛鬧頭痛、像群孩子似的夥伴。

從未看過大夥兒這麼悲痛的模樣，彷彿連行為與警戒都退化了。克萊納的心情也深受震撼。

才這麼想著，里昂就亮起警醒的眼神，伸手搭住他的肩。「剛才翠夫人派人來了一趟，指名要找你，這件事只有我知道，就先保密下來了。至於你提到的公主之死，親衛隊這五年來已經培養出自己的親信，正在調查此事的精英們已經不是當年我們教育出的那些晚輩了，全都是生面孔，也有歌頓王朝來投誠的明日之星，都是大紅人。如果不想被懷疑的話，我們這些久久才回宮一趟的舊人，最好少說、少做。」

原來，里昂正是因為有所警戒，才故意做出如此脫線的行為。不愧是自己引以為傲的前輩，克萊納嚴肅地看著里昂的深灰色瞳孔深處，點了點頭。

「多謝你告訴我這些。」

「少噁心了，這本來就應該跟你說。戲演足了，你回房休息吧！翠夫人好像給你留了紙條，我還要在這裡坐一陣子，聽聽其他八卦，沒什麼營養的，你這種正直性子的傢伙留下也只是煞風景又浪費時間，快走吧！」里昂推了推克萊納，倒讓不擅於應付這種隨性場合的克萊納鬆了口氣。

「總是一直照顧著我，謝謝你，前輩。」默默地道謝完，克萊納用期待的步伐回房。

翠夫人是雅思明的祖母，德高望重、丰姿綽約，總用溫柔的目光守護著克萊納與雅思明。過年過節，翠夫人也必定不會忘記給克萊納的禮物，從名貴的劍、珍貴的魔法補身藥草，再到良駒鐵騎，她幾乎是將克萊納當作雅思明的哥哥般疼愛。去北沙藍諾之後，翠夫人也總是一直寫信給克萊納，信中也一定會提及雅思明的近況。

昨晚一回宮就忙著列隊奔喪，因為五年的空白實在太久，自認為是宮中局外人，今天也沒跟翠夫人正式打招呼，克萊納這才感到失敬。

推開寢室的門，門縫裡果然被拋進一小卷蠟封的高級信筒。

「吾將克萊納，今日一整天都沒見到你，如果可以的話，明天請來見見我，想必我們能替彼此分憂解勞。請節哀順變。」

或許是平常北方的軍旅生涯太過乏味，一回到沙藍諾就見到這麼多熟面孔，也讓克萊納能暫時擺脫哀痛，懷著感恩的心情入睡。

只是，克萊納沒有忘記叡辛所告訴他的事。

只有王子才知道的情報，或許跟公主的死因有關。如老鷹般警醒，克萊納半眠半醒地迎接了晨光的來臨。

Chapter 6

異常的步伐

早晨擔任客座操練官，進行兩小時的訓練過後，克萊納立刻沐浴更衣，進宮想履行與翠夫人的約定。不料皇族卻召開了緊急會議，讓他在宮外一等就是兩小時。

平常皇室會議多半不會進行太久，時間的緩速讓克萊納感到反常與不安，站在純白的噴水池望著空景，雖然拿出兵書想過目，但文字卻屢屢讀不進心底。

一陣小巧零碎的輕盈步伐伴隨著柑橘甜香接近，原來是嬌小的侍女米妍瞇眼笑著，拎了一籃水果來。

也好幾年沒認真望著米妍敘舊了，克萊納與她寒暄一番。從米妍鎮定卻帶著期許的眼神看得出，她有很多話想說，也或許有很多情報想跟自己分享。克萊納紳士地讓她坐到自己身旁。

米妍遞出手寫的簿子，一頁頁翻著，傳遞訊息。「叡辛殿下要我問您，什麼時候去打獵？」

「哦！他明白我的意思了呀？等我見完翠夫人，就一起去打獵。」克萊納淺淺一笑。

「將軍，我很想念您。」米妍寫完句子，仰頭微笑。

「我也是，很想念妳們，很想念沙藍諾，老是想著有一天要回到妳們身邊工作的……可惜已經事與願違。」

克萊納想起以前當米妍、雅思明都還是小丫頭時，無論外出賞花或者進行武術訓練時，他總是與兩個女孩寸步不離，哭笑與共。不管是米妍與雅思明被皇族長輩懲罰，或者三人在外出時歡笑並肩騎馬的模樣，都是克萊納青春的一部分，也像心底最輕的一道枷鎖與羈絆，讓他懷念、充滿安全感，卻也因此惆悵、心痛。

「親衛隊的調查小組，今天來找我問話了。問我公主死前有什麼異樣，當然，這個問題其實叡辛王子也問過我。」米妍豪邁地展開簿子，將自己幾小時前寫給親衛隊作為口供的文字紀錄，直接翻給克萊納看。

「一點異樣也沒有。公主平日下午的行程，除了去探訪孤兒院與臨時動物醫療園之外，就是沐浴半小時、上課兩小時。昨天結束尼舒微文的寫作課之後，公主因為入浴過了一小時都還沒出來，御醫方柯才發現她在浴缸中斷氣了。斷氣時的姿態是後仰在浴缸中，脖子以下在水中，身上沒有任何被傷害的痕跡。御醫檢查過，她也沒有服用任何藥物，公主平日都會練擊劍、游泳、體操、跳舞、進行馬術操練、射箭，身體也很健康，會忽然猝死，我當然也覺得奇怪。但昨天出入宮中的人都很正常，實在無法想出半個可疑的人。」

這是離開五年來，克萊納首次聽到有人如此詳細地描述雅思明的一天。除了心痛，倒也有些欣慰，因為那些運動，以往都是他帶著雅思明一起進行的。

沙藍諾正處於內憂外患的時期，西方歌頓政權——也就是雅思明曾曾祖父母輩正虎視眈眈，隨時想滅掉沙藍諾皇政，因此雅思明從小都日日進行體能訓練，從不間斷。

「沒想到我離開五年了，雅思明不但沒忘記那些運動，還每天都做得這麼勤啊！這樣的她，為什麼會忽然離開我們呢？」

「公主的心底一直都有著將軍大人您，當初您到北沙藍諾時，她還病了好幾天呢！」米妍露出微笑。

「原來有過這樣的事。」知道過去的細節雖讓人感到溫暖，但也令克萊納更加心痛。

偌大的白金色宮殿石階，走來一位負責傳令的藍衣侍從。

「將軍大人，恭謝您久候多時。翠夫人準備好見將軍了，請跟我走。」

「那我先走了。米妍，若想起什麼線索，一定要告訴我，或者，告訴親衛隊的調查人馬也行。」

米妍堅定地點點頭，栗鼠般的溫和眼睛閃動著聰慧光芒。

克萊納跟隨侍從進入翠夫人的寢宮，一路上見到幾位剛散會的大臣抱頭離去，模樣像熱鍋上的螞蟻。

翠夫人穿著親屬服喪時的全副黑衣黑裙，模樣比克萊納記憶中更加消瘦與蒼老，但那雙紫灰色的雙眸仍像寶石般閃動著意志力。殿中掛的紗罩與床鋪也都清一色是貴氣優雅的紫。克萊納記得，莎皇后在世時也很喜歡這樣的顏色。

「克萊納，抱歉讓你久等了。」翠夫人微微一笑。

「不要緊，謝謝您百忙中見末將一面。」

「說這什麼話，你不來主動找我，才是見外呢！」翠夫人親切地將行禮的克萊納請到鋪滿紫金地毯的沙發旁，侍女們為他上茶。

「知道為什麼我們忽然召開臨時會議嗎？唉！那幫歌頓的豺狼皇戚，得知公主的死訊，就派人來弔信了，因為他們趕到我們這裡要兩週以上的路程，就先請駐紮在附近的軍隊將領作為代表。」

克萊納沒想到敵方勢力竟仍想用幾十年前的遠親血統為由，前來侵犯沙藍諾的皇宮。而且，派的還是軍方這種不友善的勢力，如此冠冕堂皇又狡猾強勢的行為，是十足的西方霸權作風。

「對方派的是哪一位將軍呢？」克萊納對歌頓的將領瞭若指掌，想先問清楚，以便沙藍諾的皇室應對。

「他們不肯說呀！使者只說會派最適合的人選來。一想到要讓那種西方蠻族帶劍踏進公主的靈堂，我就頭痛呀！」翠夫人搖頭。「不過，你也不要太擔心，我已經請親衛隊模擬他們的可能行為，不卑不亢，不接受他們的挑釁，但又能自保最好。」

「是的，否則一言不合，劍拔弩張，就成了歌頓對沙藍諾出兵的最佳藉口了。」克萊納想著過去這幾十年的和平，千萬不能毀於一旦。

「公主的死訊，還沒對市民發布，但坊間已經有些謠言了，還好萊欽城的女婿叡辛還在，雖然他比我想像中血氣方剛，但應該還能幫忙鎮住場面吧！」

翠夫人十足頭疼，只說了幾句話就氣喘吁吁的模樣，讓克萊納很擔心她的身體。

「夫人，請坐好休息。」克萊納彎腰將翠夫人扶坐到椅子上，讓她的背脊得以舒展。

畢竟已經高齡七十八歲，連日下來，翠夫人實在承受不住痛失孫女與歌頓政權的高壓情緒。

「抱歉，我好像還處於方才開會的情緒一樣，說一說就激動了起來。」

「不打緊的，末將總是期許自己到了您的年紀時，仍能始終以沙藍諾的興亡為己任。」

雖然不小心提到了女人最在意的年齡，但當翠夫人接觸到克萊納的真誠海藍雙眸，也不禁感到一陣暖意。

她繼續解釋道：「目前，我們有兩個對策，一個是儘速將公主安排出殯，照慣例在後花園火葬，不用像先王逝世那樣轟轟烈烈地遊城，這樣也可以謝絕歌頓的來訪。」

克萊納皺了皺眉，草率而隱密的出殯，聽起來不算最好的選擇。但當他聽到第二個選擇是讓歌頓弔喪並公開公主死訊之後，認為更加不妥。

「但依末將淺見，這樣可能會引起全城的恐慌，很難保證歌頓不會趁虛而入。」

「是啊！所以我們準備明早就舉行葬禮，下午就進行彩排儀式。你若有興趣，也可以到場。」翠夫人喝了口茶，但眼底中的銳利光芒仍尚未收起。

她傾身一問：「對了，這幾天你應該沒有過問親衛隊的調查事務吧？你一向是很謹言慎行的人。」

克萊納有點驚訝翠夫人的回答，但仍誠實地搖了搖頭。

「那就好，你雖然是我們的重要將領，但現在的親衛隊有自己的調查體系，為了讓對方秉公處理，還是保持距離較好。」

「所以，公主之死，真的有什麼內幕嗎？」克萊納問。

「難說，趕在叡辛入贅之前，恐怕是有人不希望他們成親吧？等沙藍諾與萊欽結盟，東方勢力對擔憂了幾十年的歌頓政權而言，會更是心頭大患。」翠夫人說到這裡，已經倦得氣若游絲。既然已見到面又在對方的器重之下聽到了許多情報，克萊納也早早告辭，讓翠夫人的老嫗之軀得以休息。

因為必須彩排公主的葬禮，叡辛主動請米妍傳遞紙條給克萊納，說等葬禮彩排完再去打獵。原本以為這只是一項再普通不過的推延，但當彩排開始不到五分鐘，事情就有了變化。

當時，大家都脫去了鞋靴，赤腳踏在宏偉大殿的黑檀木板上。彩排的參與者分作兩列，一列為五個的重臣與將領，包含現役親衛隊的總隊長史賓與克萊納；另一列則是公主的家人，翠夫人、叡辛與公主的養母——黛皇后。

因為不是正式的喪禮，又受到歌頓即將來訪的刺激，眾人的神情多了些緊繃與彆扭。

長髮束成髮髻、穿著白長袍、頭戴嫩綠草環的中年女性祭司，揮舞著手中的短幡旗，從木造大殿的另一頭赤腳，莊嚴地舞動了起來。

「讚美德昂，根據祢與沙藍諾皇室、聖鎧殿訂下的盟約，在生時，祢疼愛我們的肉身，離世時，祢伴隨我們的靈魂步向天國，歸於寧靜。吾等在此恭候，請祢引領沙藍諾的公主雅思明，讓她美好的靈魂隨祢而去，他日再會。」

「他日再會。」眾人低垂著頭複述道，叡辛深呼吸，想著雅思明的爽朗笑臉。如果死後真能在另一端相見，那就很好了。

祭司又唸了一些禱文，分別由另四位輩分較低的藍衣青年神官準備抬動雅思明的靈柩。因為是彩排，預計只會抬到大殿出口，就讓靈棺返回。

「請抬棺。」祭司發令之後，四位神官輕而易舉地抬起了柩。此時，充滿午後睡意的叡辛低垂著視線，只看到神官們的腳步在眼前輕盈移動。

忽然間，叡辛瞪大了雙眼。

「有什麼事情不太對勁……」

那天被告知雅思明去世之後，他緊緊跟在遺體旁，當然也看過入殮、抬棺的景象，但同樣是一個棺四人抬，今天的走動節奏明顯輕巧許多。難道這些神官在短短兩天內就增加了不少肌耐力？

叡辛正要說話，家庭教師潔斯便幾乎從後頭壓住他的頸子。

「現在不是個好時機，少主。」

叡辛仍堅持開口。「請等等，有事情不對勁！」

翠夫人看叡辛的表情終於浮現了一絲煩躁，這讓他很震驚。原來翠夫人眼中的他，大概仍是個沒見識的異鄉少年。

空氣瞬間尷尬地凝結了，克萊納與其他將領則疑惑且恭敬地等待叡辛把話說完。

「你們……不覺得這個靈柩抬起來很輕嗎？」

四位少年神官彼此對看。女祭司則用友善的表情望著神官們，示意他們直接發表意見無妨。

「嗯……是感覺比較輕一點。但也沒有輕很多。」為首的藍衣神官結結巴巴地回答。

「為什麼會忽然變輕？」叡辛用眼神向翠夫人與皇后殷切地請求道：「不能開棺檢查一下嗎？」

「少主！」潔斯的喝斥並沒有用，叡辛轉而望向克萊納。

「真是太亂來了。」其他的將領咕噥道：「隨意開棺，把沙藍諾的國威放在哪裡！」

「不打緊，既然作為未婚夫的叡辛王子有疑問，理應准許開棺……」黛皇后笑得無奈，但也隨即用銳利的眼神掃向叡辛。由於翠夫人堅持不肯，甚至動了怒色，但最後還是由祭司溫聲請大家投票決定。

最後，多數人認為還是開棺查看比較好，神官們戰戰兢兢地聚集到棺口旁準備開棺。叡辛默默裝作沒承受到任何壓力的模樣，克萊納的眼神則與他一樣充滿焦慮和困惑。

「只有那個人真心相信我。」叡辛想道。

彷彿在對公主的靈魂宣告似的，女祭司緩緩開口：「吾主德昂、雅思明公主，請祢們稍後，吾等現在要開棺確認公主遺體的狀態，請祢們理解這是出自於敬意的舉動，若有異議，也請不要顧慮，直接向吾等展現祢們的旨意吧！」

這一連串的宣告讓叡辛無奈得頭皮發麻，但他心想，自己一點錯也沒有。

作為主持儀式的神之意志傳導者，祭司一般都能透過大氣與靈體的流動察覺出所謂的「神意」，然而，女祭司此刻的表情很平靜，也算是首肯了叡辛的意思。

「現在，請開棺。」

隨著神官們的雙手揭開棺木，眾人不禁各往前踏了幾步。

眼前，出現了讓人驚異的景象……

棺木是空的！

「天啊……」翠夫人發出恐懼的驚嘆，雙腿軟在黛皇后懷中。

靈柩裡除了裡頭擺設的花草與幾件飾品、遺物之外，唯有底層乾淨整齊的深藍色絨布軟墊。

「快！」黛皇后壓抑著滿漲的激動情緒。「馬上叫親衛隊進來報到！調查結束之前，請鎖上本殿所有出口。封鎖消息！現在的事，誰都不許說出去！」

Chapter 7

最後一面

位於廚房忙著的米妍，輾轉聽說了東殿傳來的騷動，但具體無法知道是什麼緣由，親衛隊的調查小組行蹤，也不是這麼容易就能被僕傭們理解的。

不過，對於被鎖在大殿中的叡辛與克萊納而言，身著赤紅手肘護甲、帶劍進入彩排儀式的黑衣親衛隊員，著實讓他們感受到一股不凡的壓迫感。

調查小組的手腳都穿戴上紙套，口鼻也蒙上黑罩，幹練地在棺材周邊取證。此外，調查小組的組長西隆也不受親衛隊隊長史賓所指揮，雙方獨立作業，一面聽取口供，一面請在場者簽下保密聲明文。

「在狀況未了之前，私自對外界透露案情者，得以聖鎧殿與沙藍諾軍法處以叛國罪。」

叡辛沒想到負責皇族維安的親衛隊有如此大的權限，有些緊張。

「別怕啦！若是都像古早時代那樣王權獨大，喊斬便斬，你這個異邦人才更要小心。」潔斯仍用挖苦的語氣提醒著叡辛。

「我沒在怕，只是好奇，原來沙藍諾是這樣處理祕密案件的。」叡辛看著對面氣定神閒的克萊納，還真羨慕他那副見識過大場面的英雄風骨。就在自己擔心東擔心西的當下，克萊納竟還有那份低聲安撫翠夫人的心情。

而且黛皇后也非常依賴他，仰著頭親暱地對克萊納交換意見。

不過，叡辛也不是沒發現，史賓與其他將領看待克萊納的眼神有些微妙，八成在想他明明已五年沒回城，卻還能被王族如此信任吧！

放置公主空棺的這棟黑檀色大殿，頓時成了調查中心，不斷地有昨晚至今晨守班的衛士被叫來問話，對於屍體是如何憑空消失的？一時半刻也無法有結論。

為了表示尊敬，一頭紅色捲髮、緊身黑衣配上黑披風的親衛隊調查小組組長西隆，親自從大殿的另一頭走來。

「翠夫人、皇后陛下、王子殿下、各位長官，謝謝您們協助調查，很抱歉耽誤各位這麼久，請先回到各自的崗位休息，今天午夜我會親自向各位說明調查的進展。」西隆沒有史賓跋扈的態度，年輕的雙眸炯炯有神，看得出是出身於貴族家族，也接受過嚴謹殘酷的軍事訓練，是十分可靠又應對得體的人才。

出了大殿，重返自由的叡辛動了動僵硬的頸子，轉頭尋找克萊納的身影。

克萊納用眼神暗示他等等見，才一轉頭，就遇到了守在宮外樹影處的米妍。

「米妍！」克萊納險些撞上她，驚訝地問：「妳是想知道發生什麼事了嗎？妳應該知道，調查的進度都不能透露的。」

米妍的個性比雅思明沉穩些，她會毛躁地趕到這裡，一定是真心關切著葬禮彩排的一舉一動。

米妍舉起手中的紙冊，上頭寫著如下的訊息：「我是來告訴您，我想到額外的線索了。最近這兩年來，公主有時候會請病假，說是生理痛不舒服。但因為這已經是這兩年來的常態，也是女孩子比較私密的事，所以一開始沒有告訴您。」

克萊納驚訝地將米妍領到高聳樹林造景的樹蔭下，堅毅的眉峰線條，也因此揚了起來。

「妳認為她不是單純地請病假，是嗎？」

米妍又翻了手冊的下一頁，也依舊寫著滿滿的娟秀筆跡。

「其實，這幾年來，公主獨處的時間越來越多，而且她是真的會使出軍人反跟蹤的技巧，有時候還會擅自出宮，我試著跟上她，卻根本沒有辦法。不過，時間久了，我們侍女之間也倒是有了默契，一開始以為她在宮外有另外喜歡的人，但公主好像都是去買一些東西……也許是解除壓力的方法吧。將軍，或許下面這些要求有些太過了，但我希望您不要把調查的工作交給親衛隊……能請您私下調查這件事嗎？即使是很零碎的情報，或許都能派上用場。」

米妍說出了克萊納這幾天的迷惘。他並非不信任親衛隊，而是，雅思明雖然不在了，但他依舊想為她做些什麼……

「謝謝妳特地告訴我這些，米妍。聽了這些情報，若對釐清真相有幫助，我很願意一試。這是目前我唯一能為公主做的事了。而且，光是想到有人竟然偷走了她的遺體，我就感到氣憤難耐……恐怕這件事跟叡辛王子的婚訊也有關，他也告訴了我不少線索。」

「我也信任王子。他有雙不會說謊的綠眼睛。」

米妍在紙上寫完，真誠地點點頭。

「看樣子，我們也該去狩獵了。」克萊納望著再兩小時後就要西沉的落日。「趁現在親衛隊都忙著處理遺體失蹤與歌頓來訪的事，出發吧！」

♚

一藍一紫的披風，在原野的冷冽空中飛舞。漫天綠意中，白馬與黑馬並肩而行，黑馬的主人是個騎士，而白馬載著一位少年王子。

騎士的披風藍得像朝陽升起時的大海，沉穩卻耀眼，襯映他眼底那抹陰鬱的藍。王子有雙貓般的綠眼，披風上神祕卻帶點濃郁妖豔的紫色，恰如他高貴而招搖的俊美外貌。

王子與騎士並肩狩獵，這是沙藍諾從不曾有過的景象。因為，女系家族的沙藍諾從未出過王子。

即使此刻的王子是異邦人，但從騎士些微保持距離、控住馬兒減速走在後頭的恭敬模樣，也顯示出他對王子的敬愛之心。

偶爾，騎士會伸直手臂指著遠方，對回頭傾聽的王子說些什麼。風聲掠過草海，兩人的對話有點嚴肅，卻仍可聽見王子爽朗的笑聲，騎士為難苦笑的模樣也清晰可見。

或許，是感情很好的一對主僕吧？

徒步踏過草地採摘野莓的農家女孩若是望見他們，一定會有這樣的想法。

「你待了五年的北沙藍諾……是在那個方向嗎？」叡辛望著遠方問。

「是那裡。」克萊納不慍不火地指著正確的方向。

「北方算是軍事重地？」叡辛問：「聽說沙藍諾的三特產之一，承接神的意志、操縱巨大金屬鎧甲在空中作戰的天鎧使，就在那裡訓練。」

聽到外邦王子對自己的軍事特色有所認知，克萊納變得神采奕奕，海藍色的眸子也亮起。「是的！只要是受到聖鎧殿冊封的騎士團，各分支都在北沙藍諾訓練，那裡或許在外人眼中是窮鄉僻壤，但那裡卻有著美麗山脈的極景，是讓人身心純淨的好地方。」

「所以你並不想念這裡嗎？」叡辛倒是很訝異克萊納如此珍惜他在北方的軍旅生活，但話一出口，叡辛就覺得自己問了個傻問題。

「嗯……當然想念南沙藍諾，但既然是公主親自簽字的軍事命令，我本來就要懷抱尊敬的心情前往。五年前是如此，最後一次見到公主……兩年前她到北方去看我……不，去閱兵時，我的心情也始終沒有改變。」

克萊納的藍眸中滿是汪洋般的豐沛情感，炙熱的忠誠伴隨著午後陽光投射在他的眼中，讓叡辛一時失去了言語。

沉默半晌後，王子繼續策馬走向荒野林地。「我們來談談彼此最後一次見到公主的狀況吧！搞不好會有什麼線索。」

像是一把鑰匙般，叡辛的問話開啟了克萊納封印已久的情感。奇怪的是，在得知公主死訊的這幾天，克萊納刻意去想的，都是雅思明還小的記憶。

而兩年前，彼此見最後一次面時，雅思明已經是個成熟女孩了。她十八歲那年以閱兵為由，忽然北訪軍事要塞，快信中還特別提到，要由克萊納親自接待。

克萊納才期待了兩天，雅思明就帶著笑容出現在北方城外。

當時正值夏天，她穿著深藍色的短袖長洋裝配上米色短靴，頭戴淑女款式的大帽簷黑色藤編帽，面容因帽簷陰影而顯得模糊，唇邊那抹妖豔的唇膏卻讓克萊納感到陌生，一時噤了聲。

「什麼嘛……認不出我了嗎？是我啊！」她用銀鈴般的清亮聲線笑著叫道：「阿克！」

「公主殿下……」慢半拍的克萊納真誠地露齒微笑。

兩人一路上試著寒暄，但即使雅思明仍像以前愛笑、說話沒大沒小，但她提到的話題，克萊納無論多麼努力都無法跟上。

「去年的德昂節晚宴，我特地叫史賓請你回來參加的，沒想到三年不見了，你還是沒回來，也很少回我的信……一定很忙吧？忙到都不要我們了……」雅思明仍像個小孩般仰著粉頸，向比自己高上兩個頭的克萊納撒嬌。

「不，末將豈敢……德昂節確實在替長官代班，不敢懈怠。殿下的來信，我都有回覆的。」

雅思明皺了皺鼻子，尷尬又純真地笑道：「講得好像你逼不得已才回。有啦！我是有收到幾封回信，但你寫的都好短。」

「很抱歉，末將……」

「不要再道歉了，搞得好像我才見面就怪你一樣！來，跟我介紹一下這個軍營吧！」雅思明總是很機靈，遇到不願持續的話題就快速轉向。然而，這也是克萊納第一次感受到，主僕間的距離不在於地理上的遠近，連時間都是一大考驗。

「沒想到北沙藍諾這麼涼！」依稀還記得雅思明抱怨道：「馬車裡很熱，我才換了裙子，最近這幾年我比較願意穿裙子了。好看嗎？」

沒發現雅思明提問時期待的眼神，克萊納只是忙著遞出自己的軍衣披到公主肩上，畢竟，她喊了冷。

「阿克，所以你覺得不好看？」

「好看。」克萊納無法直視雅思明的眼睛，低頭恭敬地回答。

「什麼嘛……阿克還是一樣這麼不愛誇獎人呀？當你的屬下真可憐。」

邊回憶著當時的情景，雅思明的嬌豔與大方，克萊納銘記在心。只是，怎麼樣都無法輕鬆地對她說出一句稱讚的話。

此刻，叡辛在一旁文靜地聽著這位將軍的回憶。他知道克萊納或許省略了一些細節，但叡辛特別在意的，是雅思明對話中提到的信。

「公主一見面就問你信的事情，又提到了一些南沙藍諾的人……公主寫的信，你都有回吧？」

「當然。只是礙於身分，無法常常主動發信給她，就是等公主過年過節來信的時候，末將再於一、兩週內回覆。」克萊納老實地低語道。

「為啥不能主動發信啊？連這個都要等！」想不到叡辛竟也唸了他一頓。克萊納還真不懂自己哪裡錯了。

「不過……」克萊納努力回憶道：「自從我們兩年前最後一次見面後，公主的信就少了很多……我想，或許她是覺得彼此的生活圈差距太大，也沒什麼好聊的……多半是一些問候的內容罷了，很少深談什麼。」

「你別自己亂猜！」想不到叡辛又不耐煩了，回頭直接瞅了克萊納一眼。「總之，我覺得信的事情怪怪的，你自己也說過，公主理所當然地提到某些人和事，但你卻是第一次聽到吧？難不成……你們之間的信根本就沒有被好好送到？」

「你是在質疑親衛隊密使的傳遞能力嗎？」克萊納反思幾秒，終於開始認同了叡辛提到的可能性。

「總之，我不覺得公主見了你一次就會忽然疏遠來信，她應該非常想見到你。幾年才見一次，對她而言一定很不好受。」馬背上的叡辛認真地回首望著克萊納的藍眸。「因為，她寫給我的每封信，都提到了你！」

「真……真的嗎？」

「騙你做什麼？雅思明不只每封信都提到她有位像兄長一樣的愛將旅居在北方，就連跟我見面時，也會一直提到你。」叡辛率直地苦笑道：「所以，我知道自己可以信任你。」

飽滿而直接的情緒，令克萊納一時無法轉化成感激的言語，心底卻抽痛了起來。

一想到公主，心又怎麼能不痛呢？

知道克萊納正努力隱藏著情緒，叡辛別過頭去安撫著前行的馬兒，不想讓這位將領感到尷尬。

「那……現在換我來說說我與雅思明上次見面的狀況吧！」為了轉換氣氛，

叡辛揚高了乾淨如山泉的聲線。

橘金色的夕陽，如火焰般逐漸降臨大地。

「除了確定過彼此不結婚這個共識之外，我們初次見面就聊了一個多小時，沒有外人的叮囑與陪同，就那樣穿著便裝坐在城牆上……嗯，當時也有和現在一樣的溫暖南方夕陽，就像這樣籠罩著我和雅思明。」叡辛回憶道：「我曾問她，不結婚，那我們要怎麼辦？」

「雖然不結婚，但我們已經是朋友了，不是嗎？」當時，雅思明暖暖一笑。

「你是說，以同盟的方式，保持沙藍諾與萊欽之間的軍商關係嗎？」叡辛深覺這是個好主意。歷史上有許多非婚姻而成立的同盟照樣運作得很好。而用婚姻綁住的外交關係，也有許多分崩離析的例子。叡辛雖常在自家的歷史課上睡著，但這點概念他還是有的。

「只是，我們不結婚的話，會有很多人很生氣，還得熬過他們那關呢！」雅思明翻起白眼做了個鬼臉，叡辛也感同身受地翻了翻眼皮，兩人哈哈大笑。

「除了我們的爸媽之外，還有誰會生氣呢？」氣氛沉澱下來後，叡辛望著滿天的星斗問。

「很多人呢……」雅思明嘆息道：「因為我是沙藍諾混血，結婚的話，才會讓我在宮中的地位更穩固，我祖母翠夫人、我媽媽與重臣親信們，大家都希望我未來能以女王之姿登基，若不結婚，除了結盟之外，我在宮中的地位也會回到原點。對於你來說，也是如此吧？」

「是啊！我原本來沙藍諾的原因之一，正是因為在這裡一入贅我就是王子了。但現在，我恐怕只能以少主的身分回城去，倍受恥笑了。雖然，我是不在意啦！」深怕影響到雅思明的決心，叡辛笑道。

當時，叡辛知道他們彼此都是認真的。也因此，叡辛問雅思明該怎麼向眾人解釋婚約失效時，她語重心長地望著夜空。

「我還在想辦法，若有什麼新的想法，我會第一時間告訴你的。只是，偶爾也會想忽然離開這裡，什麼也不管，什麼也不用解釋……」

那個青春貌美、卻背負著沉重枷鎖的側臉，讓叡辛很是心疼。

Chapter 8
狩獵開始

此刻，聽完叡辛複述的克萊納驚異地策馬快踏，並肩騎向他。

「等等，你的意思是……公主有可能逃出宮？」

「當然有可能！就算是你我，也會有想一走了之的時候吧？」

克萊納的清澈藍眸滿是震驚。「怎麼可能……這種不負責任的想法，末將一次也不曾有過。只要是公主的旨意，要我去哪裡我都欣然接受，就算要我去死，只要能作戰到最後一刻，末將都會帶著微笑面對。這是每位騎士接受聖鎧殿冊封時，都已經想通的事。」

反遭說教一通的叡辛，沉沉地嘆了口氣。「那……可見你大概不曉得雅思明這幾年來過得多辛苦，不是嗎？恐怕你印象中的沙藍諾宮廷，還是跟公主十五歲時一樣吧……」叡辛沒有反諷的意思，卻明顯見到克萊納眼中，湧過一絲負傷的情緒。

的確，光是兩年前見到雅思明最後一面時，克萊納就已察覺彼此的差距。或許難以接受，但唯有接受事實，才有機會揭開真相。

「不過，我不覺得公主所謂的離開，是指要自殺的意思。也許，她只是需要點時間靜一靜，她既然是心繫沙藍諾才覺得盟約比婚約可靠，又怎麼會輕易捨棄沙藍諾呢？她如果離開，一定是心甘情願。」叡辛說。

「那就只有一個可能了。」克萊納推敲著彼此的結論。「是他殺。」

「如果公主不結婚，會有許多人很生氣。或許她的想法提前被誰知道了，所以被人用計殺害。」叡辛忍受著心痛說道：「又或許，殺她的人是為了阻止我們結婚，所以是反對派中的反對派。」

「這不就每個人都有可能了嗎？不管是希望你們結婚的，不希望你們結婚的。問題又回到原點了，不是嗎？」克萊納煩躁地反駁。「恐怕殺了公主還不夠，第一時間無法偷走遺體滅證，如今得知親衛隊正在調查，所以才製造第二次機會成功偷走遺體。」

「那我們只要把第一時間無法偷走遺體的對象釐清出來，或許就能明白了！」總算討論出結論，叡辛揮了揮額間的悶汗，右手放開馬轡，在筆記本上抄抄寫寫。

「請問，這能借我看一下嗎？殿下。」克萊納訝異著他竟然能在短短幾天內寫滿了密密麻麻的推論筆記。字跡雖然如蜂鳥的舞蹈般撩亂，但叡辛繪製的點線面圖示，卻意外地幫了不少忙。

「我一面在學著認識宮廷的每個人，一面把他們的特徵和立場寫下去，當然，也有許多我這個外人還難以察覺的部分。」

叡辛大氣地讓克萊納翻著自己的筆記。

走累的馬匹，隨性地吃著林外的綠草。叡辛也跳下馬背伸著懶腰，望向天空。

夜色已經降臨大地。冰藍色的漫天星斗如網張開，德昂神話中的左眼星，正俯視著王子與騎士。傳說中的「左眼星」由來，是德昂女神為了在夜幕來臨時也能看照萬物，才特地取出自己的左眼掛在夜空中。

德昂是整個失落大陸東半部的主要信仰，與信奉冥神的歌頓政權不同，而這也始終是沙藍諾皇權正統性的爭論依據。

「你不覺得很奇怪嗎？德昂與冥神克魯夏明明就是女大男小的夫妻，世人卻要為了他們各自代表的教派而爭論不休，沙藍諾也是因為這樣一直被歌頓下通牒，必須要在五年內解散以德昂為信奉依歸的教廷吧？」

「嗯……那個五年的期限，也就是明年。」克萊納翻閱著叡辛的筆記，發現他懷疑的皇室成員還真不少，該說是這個王子有被害妄想症，還是該稱讚他心思縝密呢？

「我還是很在意雅思明上次見到你時說的那件事，她說有請史賓邀請你回來德昂節晚宴，史賓……就是那個很像白頭鷹的少年白親衛隊總隊長吧？」

「是我的學長，也是我的上司。」克萊納將筆記遞還給叡辛。「怎麼了？」

「史賓明明接到雅思明的邀請，竟還把你排在留守北方的名單內，你不生氣嗎？那時你可是已經三年沒看到公主了呢！」叡辛尖銳的問話，讓克萊納瞇起藍眸，使勁回想著自己是否有過這種負面情緒。

「我是不覺得奇怪，也不覺得生氣。總得有人在北方留守吧？敵軍趁著節慶混入我營的例子可是有前例的！」

「你真的……一點心眼都沒有欸！」叡辛大開眼界，苦笑道：「這種特質在調查中可沒辦法派上用場喔！」

雖然對方是個小鬼，克萊納也沒有反駁的意思，反而是望著自己藏在輕甲中的懷錶。

「殿下，已經六點多了，我們回宮吧！先一起走，到了側門再個別進去，較不會起人疑竇。」

調轉著馬匹的方向，叡辛隨著克萊納往原路走。他的眉梢在瞇起的綠寶石眼睛上。

「但，克萊納……我還是很懷疑你所說的親衛隊是否有到無孔不入這麼厲害，真要做得這麼徹底，居然到現在都沒有公主的線索！不如說他們是刻意隱匿還比較有可能呢。」

叡辛的話直直打中克萊納多日以來的疑惑，但以屬下身分去抨擊王族成員，自然是不敬的。在找到更多證據之前，克萊納仍不慍不火地接受叡辛的質疑維持著沉默。

其實，克萊納心底倒也有自己的一套思路。除了米妍所提過的公主生前動態之外，整起事件仍是有許多可疑之處。

「雅思明殿下一定為了什麼煩惱著，卻不願意告訴我。」克萊納心想，他一直深信公主是希望自己去北方的，但，這個想法真的沒有問題嗎？難道他遠赴北方這五年都沒有機會回宮，真的是公主的旨意嗎？

「殿下她，究竟有什麼在瞞著我……」回想著過去宮中他們倆所經歷過的重大事件。大概就是他與五歲雅思明遇襲，公主喪失生母的那一次事件了。之後，國王改立黛王妃為后，自己卻也在雅思明十二歲時病死了。

「在經歷了這麼多事後，原以為可以一直守護著公主，現在卻成了這種局面。或許，多年前的黑暗勢力並沒有被一網打盡，而是在陰影中蠢動著。」克萊納悲涼地想道。

終於，他們得逞，殺害了公主，甚至盜走屍體。

「叡辛殿下，你家鄉有聽過什麼習俗或巫術是非盜走屍體不可的嗎？我還是很想知道對方的用意。」

叡辛露出佩服克萊納能想到這裡的笑容。

「我只聽過借屍還魂讓死人復生，沒聽過把屍體盜走的。不過，既然歌頓的將領明天要來弔喪，會不會是有人故意要讓沙藍諾出大糗，引起我們與歌頓的摩擦呢？」王子睿智一笑。「如果是後者的話，我倒覺得應該把明天的場面搞得盛大一點呢！」

米妍又來到公主的房間，協助親衛隊員們蒐證。他們總是腳踏紙鞋、戴上紙手套、全身黑衣、配上紙漿糊成的哀悼面具。因為身分特殊又遭刻意隱藏，誰是誰，米妍早已分不清楚，而這樣的動作已經進行到第三天。

公主去世後，這棟位於花園高塔上的米白色寢宮就被隊士們翻了一遍，軍人再怎麼想保持敬意，舉止卻仍反映出焦躁。每當這群黑衣人來蒐證後，公主房內的東西就又少了一些。

「開了衣櫃的鎖之後就去旁邊待著！」銀髮如獅鬃往後飛起的史賓總隊長，大概被遺體失蹤的事逼急了，今天居然也加入了調查小組，陪同紅捲髮的調查小組組長西隆辦案。

史賓不如西隆那般身段柔軟，許多僕役都非常討厭他。西隆有了長官的幫助，倒是一點也不在意似的，面具後的眼睛總是保持微笑。而米妍總是戰戰兢兢，不敢盯著面具後的眼睛太久。

公主遇襲、失去生母之後，幕後主使者據說是一群想搞政變、維持歌頓聯姻的大臣。但他們也早已在事件當時就被全數處死，子孫也都送往西方，永世不得踏入沙藍諾城邦。

而國王在雅思明成年前就患了肺病，終日久咳，因為有傳染之疑慮，死後也速速火化。此事也早已交給親衛隊調查，結果也只是單純的病逝。

公主遺體遭竊一事，米妍心底倒是有些開心，看著隊士忙得焦頭爛額的模樣，她本想希望自己能幫上忙，卻因為過去的幾場大事件而轉移信任的焦點。

「這次公主猝死、遺體還遭竊，我就看你們這些親衛隊要怎麼偵結案情。唉！如果克萊納和叡辛王子有調查的實權就好了。」米妍想道。

「請問，公主真的沒有什麼日記、書信的紀錄嗎？」西隆好聲好氣地走來問著米妍。

「沒有，公主平常有寫日記的習慣，但都會拿到火爐邊銷毀。你們可以找找看，但大概不樂觀。」米妍在紙上寫道。這個問題她早已回答過很多次了。

公主銷毀日記的習慣始於兩年前。米妍努力想著，當時到底發生什麼事呢？忽然間，她蜜棕色的眼睛一亮。

當服侍公主的僕役們都抱怨著親衛隊的搜查詢問沒完沒了，讓他們餓得無法吃晚餐時，米妍心底有了想法。

「好了，各位辛苦了，耽誤你們用膳了，請各自回崗位吧！」當組長西隆無奈地宣布今晚調查到此為止，僕役們發出小聲的歡呼，紛紛往廚房的方向跑。

只有米妍壓著齊眉的蓬鬆瀏海，冒著大風繞出樓頂。回自己寢室的路上，她如同小松鼠般蹦跳緊張，眼神流轉卻保持機靈，確信沒有人尾隨。

「有了！」進屋後，米妍開心地從床鋪下取出一個精緻的粉橘色蕾絲鞋盒。這是公主送她的禮物，鞋子雖然穿壞多時，但是盒身倒是保存得很好。裡頭是米妍這幾年來的隨筆與散記。

「雖然公主沒有日記，但是……我有。」米妍開心地想道：「等等就把這個親手交給克萊納將軍。」

望了望窗外，星月都高掛在天。將軍和王子的打獵之行，應該還算順利吧？

「再不回來，會有人懷疑的……希望不要遇到什麼事才好。」米妍將盒子抱在胸前默禱道。

♚

嗚咽的風聲穿越了原野，流竄過王子與騎士耳邊。此聲像情人的呢喃，更像一首悲傷的歌。

入夜後的林地原本該顯得可怕，但克萊納刻意帶領叡辛越過森林，改以繞遠路的方式，行走在較為安全的草地。

雖然路程要多花半小時，但比在森林中迷路要保險得多。克萊納的決策就像他的個性一樣，溫和、保守且穩當。

因為信任著此位將領，叡辛的馬匹也聰慧地走在克萊納的坐騎身邊。平穩的歸途上，叡辛陷入了一陣恍惚中，默默打起了瞌睡。

那陣淒涼的風仍在唱歌，伴隨著披風掀舞的細微噪音，讓半睡半醒的叡辛感到煩躁。

不知道是否為自己的幻覺，風聲如低喃的女聲般，讓原本不規律的頻率化作了語言。

「叡辛、克萊納。」

「嗯？」王子警醒起來。「克萊納……你有聽到嗎？」

無聲地點點頭，克萊納舉起手勒住馬韁。

「叡辛、克萊納。」怪聲再度響起時，叡辛皺起了眉。

「是言靈啊！不要聽比較好。」克萊納正想阻止叡辛付出過度的注意力，馬匹忽然躁跳了起來。

「嘶嘶嘶——」兩匹馬一股勁兒直往前衝，克萊納有所準備，只被往後震了一下，回頭卻發現叡辛早已落馬在大後方。

「停！停住！」克萊納努力想阻止馬兒，牠們卻發了狂似的無視克萊納的指令，眼看王子的身影瞬間已縮成一個黑點，克萊納做了個決定。

他將長劍往外一拋，側身讓自己滑落馬背，在柔軟的草皮上翻滾了幾圈。而馬兒就這樣一前一後地衝進了對面的森林中，頭也不回。

「黑魔法嗎？是言靈！」拾回長劍的克萊納明白方才的聲音就是圈套，透過聲音啟動超自然的力量並觸發魔法。

「殿下！」他疾步奔回叡辛身旁，叡辛已經試著自己撫住受傷的頸背站起來。

「我沒事！」叡辛不敢相信轉瞬間忠誠的坐騎就這樣跑了，還擔心地望向深不可測的黑夜彼方。「馬兒怎麼辦？牠們不會有危險吧？」

猛力一抽長劍斜擋在叡辛前方，克萊納警戒地環視四方。「現在有危險的是我們！那聲音是衝著我們來的！」

叡辛連忙扶住背後的箭筒，克萊納則將自己的弓拋給他。

背對背，兩人拉弓舉劍。才剛擺出防禦的陣型，一陣從天而降的怪風就在眼前的草皮掀出一道道猛浪。

伴隨而來的，是如滔天巨浪的千萬草屑與葉影。原本翠綠的草葉在狂風中如刀片般攪動，又像是一群密密麻麻蝗蟲般往上集中抬旋。

「小心，蹲低！」克萊納與叡辛被剝奪了視線，幾乎匍匐在地。黑色旋風逐漸成型為一個高大的獸形巨影，惡魔般的山羊銳角往巨影頂端兩邊刺出，影子的中心卻長出了人的手腳。空中不斷攪拌的草葉也瞬間噴射出金屬的光芒。

空中滿布黑色煙氣，猩紅的雙眼如看見獵物般亢奮閃亮。巨大的羊頭獸人黑影，手中揮舞著金屬長鍊，鍊身兩端，各自形成鳥籠狀的金屬牢籠。

籠身不大也不小，恰巧是能關住叡辛與克萊納的高度。

「奉德昂女神與聖鎧殿的聖約之名。」克萊納舉起金色長劍，朗聲宣讀道：「吾劍之下，暗黑勢力無一得逞！」

當巨大的獸人往下展開攻擊時，克萊納也主動高高一躍。

一劍斬向高速撞來的大籠。

「鏗——」金色長劍只擊斷鍊端的部分鉤環，獸人瞬間往上甩鍊，克萊納的雙腿便卡進籠頂，他回頭，慌亂地想抽回長劍。

「嗖！」一箭射進了獸人左眸的紅色窟窿中。

緊接著又來一箭。

舉弓的叡辛站在大後方，而當獸人將長鍊另一端的巨籠甩出時，他機靈往下一滾，從獸人的跨下間翻了過去。

「呀——」克萊納大喝一聲，用全身的力量撐住長劍，瞬間挑斷了左鍊的籠欄，隨即補腿一踹，金屬大籠子便往獸人的左腳重重砸去。

「嗚嗚嗚——」獸人發出低頻的怒吼，終於將叡辛射進左眼的兩支箭給拔了出來。牠另一手雖持續地高速揮舞長鍊，克萊納和叡辛則輪番低頭、往後旋翻，幾個回合都安全閃過。

「這樣下去沒完沒了！它在消耗我們的體力！」克萊納雖數次揮劍斬擊獸人的傷腿，但牠體型實在太過巨大，長鍊又如空中俯衝的毒蛇接連襲來，成了最好的掩護。

叡辛拾回箭筒，努力拉開距離再度射了幾箭。方才墜馬負傷，他靈活的身手差點躲不過獸人迴旋而來的巨籠。

一不留神，金屬的籠身　噹落在王子頭上。

「嗚啊——」獸人發出低沉興奮的嚎叫，輕輕一甩鍊身，叡辛就聽見自己的骨頭在籠身拋甩時發出的痛苦聲響。

「放開他！」克萊納轉向另一個已與鍊子分離的巨籠，他的吶喊成功吸引獸人的注意，讓震盪不已的叡辛得以喘息。

「克萊納，利用我的箭！」他忍著劇痛頂起弓箭，透過縫隙朝籠外連射。颼颼作響，箭身接連穿過獸人的鍊孔。

獸人還搞不懂叡辛的困獸之鬥有何意義，克萊納已經猛力投出長劍。「喂——看這裡！」

金色劍光筆直插入獸人僅存的右眼中，牠痛得抱頭大叫，長鍊與鍊端的巨籠隨即被摔在地上。

「克萊納，趁現在！」從高處猛墜的叡辛，攀住籠欄抵住身體。

「來了！」克萊納使出渾身巨力抓住另一端鍊子，往叡辛方才射過的多支箭梯飛踩而過，朝獸人的臉一躍而上。

「奉德昂之名！將這個巨怪遣返地獄！」克萊納拔起長劍努力一刺，因雙眼刺痛而劇烈翻滾的獸人，轉瞬間被自己的鍊子纏住頸部。

「受死吧！」趁勢爬出歪斜籠欄的叡辛，也不給獸人任何空檔，使力往下扯動巨籠。籠身隨著地心引力將剩餘的鍊子揪得更緊，獸人吐出最後的幾口鼻息，嚎叫也轉為疲弱。

終於，牠轟然倒下。

原本組織成人形獸體的深黑色草葉與旋風，也像是退了潮的無力草浪般，往四方飄零飛散。

顧不得一身草屑，克萊納連忙飛奔到叡辛身邊。

「王子殿下……沒事吧？」

「是有些瘀青啦！但還好。」叡辛摸著劇痛不已的腿與後頸，喘著笑道。

兩人防備地望向獸人的殘骸，卻發現地上只剩下火坑大的枯枝與黑色草乾。

面對這場來去如風的夢魘，叡辛撫了撫抽痛不已的大腿。

「剛剛……到底是怎麼回事？」

「看來，我們的疑心已經被敵人發現了。」收劍入鞘，克萊納一把扛起細瘦白皙的叡辛。

「那個……請問你一路要把我扛回宮嗎？」

「希望是不用。」克萊納舉起左手，吹了個長長的口哨。

兩匹驚慌不已的馬兒，這才一前一後地從林中戰戰兢兢地走了出來。

Chapter 9
中場：叡辛的另一個守靈夜

我是萊欽城的叡辛，也是雅思明的未婚夫。遇襲之後的路上，我都在想著該怎麼跟潔斯交待方才發生的事。

「腳傷是瞞不了……就跟她說是我不諳馬性摔傷的吧！反正事實也的確如此。先填飽肚子要緊。」一回宮，我和克萊納就躲到廚房去。米妍幫我們留了一些飯菜，臉上掛著好奇的光彩。因為時間已晚，整座沙藍諾籠罩著寧靜卻緊繃的氣息，這一定跟明天歌頓將領要來弔喪的事有關。

米妍將自己的日記遞給我們，她把過去兩年來提到雅思明的片段都用紅線劃了起來。

即使只是「公主今天再度請了病假，在御醫的陪同下外出診治。回宮時她靴子底沾了香草種子、髮梢有粗鄙的廉價菸草味道、披風上有貓的毛髮與腳印。大概是為了掩飾這點，她匆匆去洗了澡……」這種日常瑣事，米妍也細心地全都劃上線。

「她的確在宮外有偷偷想見的人，也因為不安，才會養成每隔幾天就燒毀自己日記的這種習慣。」米妍在冊子上寫著推論。

大概是想到我先前的提醒，克萊納的藍眼中已經有了一股篤定，便問：「米妍，妳有辦法找到公主過去寫給我的信嗎？妳的日記裡會有紀錄嗎？」

「有，稍早我已經自行算出來了，因為每次信件都是由我交給信使的。光是在我的日記中，過去五年間寄給將軍您的信就有三十五封，也許有幾次我漏記了，但大致上就是這個數字沒錯。」

克萊納大吃一驚。「這……我去北方的頭三年，只收到公主的七封信，數量差距太遠了。而自從見到公主最後一面，最近兩年來，我只收到了四封信。」

米妍瞪大栗色的眼睛。

「難怪她說你沒回信，也難怪你說你們的互動越來越生疏，恐怕她寫到的許多話題，你根本連讀到的機會都沒有啊！」我比克萊納還氣，望著他抑鬱挫敗的臉，倒是有些不捨。

米妍描述了自己的寄信過程，全都透過宮中的信使轉交，這些信使的身分克萊納也都有印象，都是品格高尚、充滿理想的年輕一輩。

「那就是……信一開始就被攔截了。」我猛搖著頭。「這已經是政變的等級了吧？誰這麼大膽子，敢攔截公主的親筆信啊？」

克萊納轉頭問：「那，米妍……翠夫人寄給我的信，妳有紀錄數量嗎？」

米妍搖搖頭，畢竟她不是翠夫人的親信，也沒有機會去紀錄這種事。

「看來要從公主請病假的理由去切入了。」我說：「米妍觀察到她勤練武術、身體健康，卻經常裝病與出宮，若不找出她見的人與目的，恐怕也無法破解這個謎團。」

此時，米妍從身上的白色花邊圍裙口袋，掏出一個小囊袋。裡頭有把鑰匙，木製握柄偏大，塗上玫瑰色的漆。

「米妍，這鑰匙是……」克萊納與我面面相覷。

米妍攤開小冊子，振筆疾書，把原委寫給我們看。

「有一次我見到公主又被御醫帶出宮，那天因為下雨，側門備有從宮外召來的無牌馬車，或許是御醫私下的配車吧。總之，車夫我不認識。但明明有了馬車，蒙上斗篷的公主卻急急忙忙地硬是走到馬廄去，也警告我不需要跟去，我難得看到她這麼慌張的模樣……」

「這的確很怪。」克萊納雙手在胸前交叉，輕聲問：「所以妳今天就特地到了馬廄查看，結果發現了這把鑰匙？」

米妍用力點著頭。

「是的，就在馬槽下，一個刻意被挖出來的缺口，塞著防水布與這把鑰匙。我已經核對中公主寢宮所有需要鑰匙的門、抽屜，甚至是收納箱，都對不上。我想，既然是出宮才要拿的，一定是出宮就必須要用的鑰匙吧！」

「唉！如果能找出公主生前去過的地方，一定就能理解她生前面臨了什麼狀況。」我目前實在一點頭緒也沒有。

今晚實在很累了，連力大如牛的克萊納神情都顯得有些無力，我等等還要面對讓人頭痛的潔斯，只好先暫停這場廚房密會。

離開前，克萊納溫聲交待道：「既然我們今天遭受到黑魔法襲擊，這段時間請你們都在自己的寢室外頭灑上馬鞭草磨成的精油。馬鞭草能阻擋邪惡力量，也是德昂女神的代表藥草之一。」

其實，我對魔法也略知一二。從小，我對武術、騎術與歷史的興致缺缺，但是父、母親從商，所以家族也特別迷信，母親怕我來沙藍諾之後有不適應，甚至偷偷將一本常用的袐法手冊交給我。

手冊裡頭談的並不深入，大概只有「如何緩和夫妻間的緊張情緒」、「如何屏除黑魔法對睡眠與夢遊的影響」等這類小事。

還好，馬鞭草精油已放在我的行囊中，暫且不需要擔心。

一回寢室，就看到潔斯氣得雙眼紅腫、如看到仇人般瞪著我。

長相已經十分男性化的她，平常都把一頭褪色的服貼長髮往上束，但現在已到了就寢時刻，潔斯一身白睡衣配上怒顏、放下的長髮，實在讓我感覺胃底發冷，彷彿被一個蒼白妖怪斥責般。

「少主！如果你想每天都出糗，把萊欽的顏面丟光，我倒是不介意，反正我剛剛已經收到城主命令，明天就帶你回萊欽！再也不用妄想當王子，丟人現眼了！」

我假裝沒被這個消息所震驚，先低頭道歉。

「抱歉，我不該缺席晚餐、不該打獵到這麼晚，更不該沒帶著妳就擅自出宮。」

「你的抱歉還是一如往常，聽起來任何用處也沒，你知道晚宴上翠夫人和黛皇后把你說得多難聽嗎？真是個懦夫，你一定聽到明天歌頓要訪視，又被空棺材給嚇了一跳，才藉口逃避吧？我從以前就看著你長大，你在怕什麼我還不懂嗎！沒關係，你明天就不用待在沙藍諾了。我們終於可以回到萊欽的家，我也不用老是替你收拾殘局了。」

已經練就將潔斯的詆毀當作耳邊風的我，開始進行睡前的梳洗。

不過，此刻的我比較擔心明日的歌頓軍來訪。

從家父發了跡，當上萊欽城的僭主之後，每到年末的德昂節，我們都要拋下所有身而為人的自尊，像群家犬似地仰頸搖尾，向歌頓政府的收稅軍隊卑躬屈膝。嘴邊懇求著延緩收稅的日期，心底卻痛恨著歌頓軍政府，痛恨他們那塊足以橫行整個東大陸的專制政權。

這也是我身處的萊欽城，想要與沙藍諾聯姻的原因之一。

沙藍諾的政局與民風十分開放，他們幾乎可說是全東大陸最敢反抗歌頓政權的政府之一，儘管他們的上一輩都有著遠親關係。

首先，他們是公民政府，有內閣、有公民選出的代理人，沙藍諾皇族不像歌頓皇族那樣握有絕對實權，所以他們徹底擁抱德昂女神，希望用女神所代表的公義與制裁形象，加深自己在沙藍諾的治理正統性。

在從雅思明的父執輩開始，沙藍諾已經完全斷絕了與歌頓之間的聯姻，更以多種理由數度婉拒歌頓軍隊的進駐，以便培養出自己的募兵、軍備訓練制度，更發展出專屬的兵器生產組織。

過去數十年的沙藍諾，就像是個頑抗的小女孩，正逐年抵抗著父兄的威權，即使糖果被沒收並遭到掌摑，也絲毫不動搖。

眼尖的潔斯直盯著我看。「呵！歌頓軍政府的來訪，似乎讓你有些困擾？」

「妳這是幸災樂禍的意思嗎？幫我想想該怎麼辦！妳好歹也是個幕僚吧？」我惱羞成怒地咬牙。看吧！我完全沒有半點王子該有的修養。

「少主不必緊張，如果擔心自己無法面對，我可以代你出席。你就在房間裡修養身體吧！」潔斯又露出那種睿智而冷淡的笑容。「我會告訴他們……自從你來到沙藍諾之後，就有些水土不服，加上未婚妻之死，身心都太過勞累……這些都可以做為理由。所以，你不必太過擔心。」

我扭曲著唇，瞪視著她，嘴邊卻無法發出半個字。

潔斯掛起忠實而平板的笑容。「我會替你處理的，就像往常一樣……」

「謝謝！」我快速地打斷她，坐回自己的床上，整個房間的重量好像就在那一刻往我的肩上猛撞。

「你或許會感到有些挫敗。」潔斯直言道：「不過歌頓軍隊來參加公主葬禮的這件事情，原本就非常複雜，這已經牽扯到太多政治情勢，恐怕不是年輕的你所能應付的。」

我突然有種受辱的感覺，像是被狼一口咬穿了胃，而酸液就在我破碎的體內橫流，弄痛了其他的內臟。

Chapter 10

宮裡的怪日子

今日，放置棺材的大殿開敞殿門，文武百官戴上了紙糊的哀悼面具，在冬日晨風中站了一個多小時。

面具代表著對死者與生者的敬重，卻也營造出一種疏遠詭譎的距離感。當姍姍來遲的三位歌頓將領看見一大排紙臉時，雖努力壓抑著他們轉為緊繃的神情，但看在叡辛眼底，他們仍跟前幾晚的自己沒兩樣，無法處變不驚。

「真是的，沙藍諾人真的很矯情。」也不顧舉起白色旛旗的中年黑髮女祭司就在前頭領隊，一身橘金華服的歌頓將領們低聲抱怨道。走在他們前頭的翠夫人與黛皇后雖梳著一絲不苟的高髮髻，卻也因為久候多時而顯出疲態。

她們精緻的妝容與挑高的眉峰藏不住對歌頓的畏懼與不滿，連叡辛身旁的教師潔斯都不時掐住他的衣角。看在叡辛眼底，潔斯比他還緊繃。

維持著冷淡的目光，叡辛望向身穿黑邊銀鎧正裝、戴著鷹首頭盔的克萊納。官階在他之上的沙藍諾將領們，則以金色鎧甲與黑龍頭盔的服裝現身。

「恭迎盧比斯行官、蘇威將軍與諾黎將軍。」波瀾不驚的斑髮文官老臣朗誦道，全體軍臣做出不卑不亢的迎賓行禮。

「還真是簡單啊！」盧比斯行官苦笑道：「都知道東方禮儀簡便，倒還不曉得有這麼粗略。」

「他們行的是正統的迎賓禮。」黛皇后話中有話，一方面想宣示沙藍諾主權，二來則是提醒這群歌頓大兵，他們只是客人。

一切與幾十年前沙藍諾向歌頓卑躬屈膝繳交年貢稅的光景，早已不同了。

女性祭司主持著外賓弔喪儀式，用優美的尼舒微古調頌唱了德昂女神的生死歌。之後，家屬必須答禮，先行與來賓握手，感謝他們來訪。

「哦！這就是大名鼎鼎的叡辛王子啊。」盧比斯似笑非笑地猛力握住叡辛的手。

雖然手骨隱隱作痛，但叡辛冰綠如湖水的雙眸一眨也不眨。「彼此、彼此，西方的黑龍，盧比斯統領。久仰大名。」

「呵呵！」盧比斯爽笑了兩聲，後面的兩位將軍也以同樣敷衍的態度，與叡辛握手。

「既然是來弔喪，我們也有義務關心一下沙藍諾與萊欽的聯姻狀況，畢竟我們幾位就是駐紮在萊欽正南方的將領，探望鄰居應該不為過吧？」盧比斯抖了抖熊般的碩大身體，轉向翠夫人與黛皇后。

果然，弔喪的真正目的，也包含刺探東方兩大城的外交動態。

「承蒙將軍們關懷。」翠夫人將討論了一晚的內容背誦了出來。「但我們目前忙於喪事，過度悲傷，還沒討論到這麼深入。」

「不可能吧！」蘇威將軍摸了摸八字鬍，噗哧一笑。「堂堂沙藍諾皇室與萊欽政權，連自己的未來動向都不曉得嗎？」

叡辛掛出淺淡的微笑，往前踏了一步。「當然不會不曉得。」眾人緊繃地望著年輕的王子，他澄澈的眼底盡是一片淡然。但這反而是最讓人擔憂的一點。

叡辛絲毫不將周圍的緊繃視線放在眼底，只是高聲一笑。「雖然公主已逝，但萊欽與沙藍諾的情誼不變，往後我們也將一起攜手成長，彼此茁壯，還請歌頓的幾位勇士，能像今年收受我們的贈禮時一樣，永保歡笑呢！」

「呵！這樣啊！」提起今年的萊欽大禮，盧比斯一時詞窮。畢竟他與部屬們的確是收禮收得很開心。雖然萊欽近年不繳年貢金，但對於周邊歌頓將領們仍維持著「以禮物為名」的個人金援關係。

只是換了個名義，主權對主權的意義就足以彰顯。能用錢柔化的關係，就是一段值得投資的好關係。這也是商業大城萊欽的如意算盤。

「還請多指教囉！」叡辛隨意的用詞，反倒讓將領們緩了口氣。

歌頓的三位來賓將各執一顆玉石，將它們投到供品桌上的金製小甕中。這個儀式是告訴死者，他們已經親自來致意過了。

當表情剛毅不阿的女性祭司將玉石分別遞給歌頓將領們時，蘇威將軍轉頭對盧比斯統領低聲了幾句。

「哦，對了！既然是來弔喪，可以開棺讓我們見見公主的尊容吧？」盧比斯獰笑道：「否則，實在有種空虛感啊！」

「我們都特地長途跋涉，換了好幾匹馬才抵達這裡的呢！」蘇威與諾黎也依序接腔道：「還記得雅思明公主小時候很可愛呢！上次見到她時還活蹦亂跳，真是世事無常啊！」

叡辛聽說過這件事。上次歌頓將領來訪時，雅思明只有十歲。無懼於西方原殖民政權的軍威，毫無歌頓血統的她，衝出人群，扶起了被歌頓將領踢倒的沙藍諾旛旗。

這件事被傳成美談，是鄰近城邦的繼承者都知道的事。

縱使沒有十歲雅思明的勇氣，叡辛知道自己也該憑著智慧解決這場鬧劇。

不用提翠夫人與黛皇后的臉色有多差了，兩旁的官員們也著實吃了一驚。唯一能帶劍入殿的親衛隊史賓與西隆，更是防備地雙雙將手壓在鞘上。

畢竟，在場有不少人都知道，棺材是空的。這件事讓歌頓將領知道，不管是炒作或外傳，絕對會後患無窮。

「這個……承蒙您們抬愛，但公主已經死去三天，在德昂教統中是不能開棺的，棺身也已經由祭司們的正法加持，無法再被外力打開。」黛皇后疲弱地露出媚笑，想用女性魅力使這批魯莽的軍士們三思。

「但我們歌頓人才不信德昂呢！皇后陛下，您忘了嗎？我們是信奉冥神克魯夏的。瞻仰遺容，一直都是我們的傳統啊！」蘇威嚇著爬有鬍渣的嘴皮，立刻反駁了皇后的請求。

「不，你們現在人在沙藍諾，請尊重沙藍諾的傳統。」叡辛出了聲，神色自若地走向比自己高上兩個頭的盧比斯。「祭司大人，請告訴這些重要的客人，如果觸犯了德昂傳統，將會有什麼樣的災禍？」

女祭司縱使有那麼一瞬間抬起眉梢，但立即正色舉起手中的黑皮書——德昂正典。

「根據正典第七篇第二十則，若違反葬禮禁忌，將被公義的雙叉戟刺穿心臟，就算死去後，也永世不得以死者身分引渡到另一國境。」

「是啊！你們所信奉的冥神，正是德昂女神的丈夫，祂與妻子定下了亡者引渡條約，請您們不要任意無視自己的主上。」叡辛慧黠地望進歌頓將領們的眼睛。「或者，您們仍堅持要蔑視德昂的葬儀典法，強行開棺呢？」

見將領們一時想不出話語回應，叡辛再度揚聲高調。「如此貽笑大方的行徑，是您們方才提議的不是嗎？您們出身自失落大陸最悠久的古城，不尊敬死者，還好意思奉行冥神克魯夏的教誨嗎？」

「依我看，你們應該不至於野蠻到這種程度，讓自己成為全大陸最新笑話的主角吧？別忘了，現在這裡就有幾百雙沙藍諾人的眼睛在看呢！」翠夫人一舉手中的寶石后杖，鋒利的語調也讓三位將領啞口無言。

「那……請翠夫人原諒，您們誤會我們的提議了。」盧比斯尷尬一笑。「我們只是在回憶雅思明公主以前的身影，不自覺就想見見遺容，並沒有什麼意思。」

「既然如此，我們就遵照您的意思了。」蘇威也率先朝祭品長桌的金甕，放入祭司交付的玉石。

鏗鏘有力的三聲，代表三位將領已經致哀完畢。重視名譽的他們，也無臉在眾目睽睽的殿堂中待太久，弔喪完就直接離城了。

「很抱歉，我又說了多餘的話。」叡辛在稍後的午餐桌邊，朝翠夫人與黛皇后道歉。「畢竟尚未與公主成婚的我，既不是沙藍諾的女婿，也沒有王子的正統身分，擅自搶在妳們前頭說那些話，還是不得體的。」

「也請原諒我們家少主的魯莽。」潔斯垂首道歉。

「沒關係的！」黛夫人真誠一笑。「還好這點沒被歌頓莽夫們拿來做文章。」

「但我不得不說，叡辛的學識很好呢！竟然連對方的信仰細節都知道，比當時一心篤信德昂正教的雅思明強多了。」翠夫人也露出稱許的笑意。

沒想過自己的記憶力會在這種場合被稱讚，叡辛臉頰也泛起愉悅的紅暈。雖說他昨晚傷到了腿與背，今早還得在大庭廣眾下久站，實在不好受。

「昨天不是摔下馬了嗎？南殿有御醫，等等還是去看醫生比較好。當然，要在有我陪同的狀況下。」沒逃過潔斯的法眼，但逃得了她的掌控。一用完午餐，叡辛就藉著回臥室拿東西的名義，自行先去看御醫了。

穿過水亭花園，來到陰涼通風的南殿，這裡多半住著一些僕役長等級的元老服侍者，一路上遇到的長輩都帶著沉穩的笑容與叡辛打招呼，長廊上的驅蚊香氣與綠油油的半人高大葉植栽，更讓叡辛感到心情放鬆。

「難怪雅思明這麼喜歡看醫生。」他打趣地想道：「比起宮裡其他地方，這裡要舒服太多了。」

御醫共有三位，另兩位恰巧為了早上的練兵事故出診去了。叡辛在前殿繞了半天，透過一位婆婆輩的女僕帶路後，才找到另一位最資深的御醫住處。

女僕猶疑地解說道：「不過……方柯今天大概也不看診吧？最近他自己身體也不太舒服，我每天送餐都沒看到他吃完過。我們都說，是因為他看到雅思明的遺體，太過悲傷了。」

「哦！原來是那位御醫啊……」叡辛決定更要碰碰運氣了，搞不好能問到什麼線索。

隨著步伐接近，濃郁卻也妖豔的菸草氣味撲鼻而來，味道似曾相識，微苦卻也芬芳，帶著墮落的誘惑力。

叡辛想起來了，小時候他在某間讓叔父致富的賭場附近聞過。

「是大麻……」這類菸草應該只在患者需要減輕疼痛時使用，沒想到御醫大剌剌地在這種深宮的午後使用，還是用在自己身上。

在大殿的內室階梯上，圍著一處木造柵欄，廳室內部深色竹簾搖曳、紗帳飄忽，叡辛搖了搖看診鈴後就走了上去。

「不好意思，請問方柯醫生在嗎？」

有個人影無精打采地臥在躺椅上，背對入口方向。微風再度帶來濃重的大麻氣味，叡辛感到有些無福消受，蹙起了眉。

椅上這個癱軟又皮膚蠟黃的人，肯定就是方柯醫生了，但他怎麼也不像準備好看診的模樣。叡辛為難地盯著他瞧時，身形乾癟的方柯忽然動了很大一下。

「啊啊啊！」

隨著醫生的驚叫，讓叡辛也嚇得往後一踏。

「你又來這裡做什麼，西隆！我不是跟你說要脫鞋嗎？」

「西……西隆？」原來是被誤認為調查小組的組長了。叡辛雖想糾正對方，但還是自覺失敬，先脫下厚重的黃靴。

「不好意思，方柯醫生，我不是西隆，我是萊欽城的叡辛。」

「胡說什麼呢！你問案問到頭都暈了吧？」方柯醫生瞪視著叡辛的模樣，讓他感到不寒而慄。他黃澄澄的瞳孔雖然充滿怒意，卻十分空洞，無法像常人那樣聚焦。

「你一定又要來問我雅思明的死因有無異狀，以及我是否有診斷錯誤吧？每天都問，每天都來！」

叡辛感到一陣詞窮，望著這位長者暴怒的模樣，他可以理解方柯的厭煩，而他也將叡辛原本想問的都率先講出來了。

「方柯醫生，我不是西隆，我是雅思明的未婚夫叡辛。」原本不抱希望，但聽到公主之名時，方柯明顯地瞪大了眼睛。

「叡辛？我似乎是有印象。」

「真……真的嗎？沒關係，您慢慢想。」叡辛在方柯身旁坐下來，伸手安撫他緊繃的肩線。

「嗯！你就是那個常和雅思明通信的人吧？」

「嗯？」叡辛原本以為方柯在說克萊納，但仔細一想，自己與雅思明在過去的幾個月的確也往來了不少書信。

「是的，我是她寫信的對象。她有提過我？」

「有啊！常常提！」看樣子這位方柯醫生與公主的感情真的挺不錯，一提到雅思明講過的話題，他的反應明顯比方才友善許多，甚至滔滔不絕起來。

「她每次收到你的信，都會拿給我看，問我覺得你怎麼樣。」

聽起來方柯醫生的確跟雅思明很親近。叡辛稍微安心了。

「你常陪公主離開宮中，對吧？」叡辛想起米妍告訴他的線索，決定聚焦追問。

「是的，因為宮外有許多宮內沒有的東西。」方柯望著叡辛笑了，但眼中仍是空洞無亮光。

衰弱成這樣，難道宮中的人都視而不見？

「對了，她應該有介紹最愛的那本書給你吧？」方柯忽然伸手抓住叡辛，神情也激動起來。

「什……什麼書。」

「你還敢問我是什麼書！唉！我可憐的公主！」先是怒瞪，再來是啜泣，方柯哭得哽咽，又喘又咳，讓一旁的叡辛焦急萬分。

Chapter 11 來訪與別離

「有人在嗎？醫生不太妙！」叡辛高聲喊著，遠處走廊的守衛與侍女跑了過來。

「其他醫生都在忙著處理早上練兵的流血意外，我們先扶他坐起來吧！」年邁的侍女說。

「唉，今天他的狀況又比昨天更糟啦！昨天還只是胡言亂語、食不下嚥，沒想到一看到你就這麼激動……殿下，真是抱歉。」憨厚的侍女向叡辛道歉，他連忙揮了揮手，表示無妨。

「請問，是不是從公主過世開始，方柯醫生就呈現這種心神不寧又大量使用大麻的狀況？」叡辛溫和的綠眸投向侍女與守衛。

「是的，大概受了不少打擊吧！但檢驗遺體時神智還很清楚喔！我們都猜……搞不好是因為被親衛隊調查小組逼供，且受到刺激和驚嚇，才會變成這副德性……其他御醫早已開藥給他，但都不見效。」

本想聽取情報，但叡辛心底只留下更大的疑惑。

「咳咳咳咳……」方柯又是一陣狂咳，激動地從躺椅上跌落，頭部撞地。

「唉呀，小心！他會咬到自己的舌頭！」叡辛一急就將自己的手指擋進方柯黏糊糊的口中。

沒想到這個舉動似乎催化了方柯的嘔吐之意。當叡辛伸手探觸的下一刻，他瞪大眼睛叫道：「方柯喉嚨裡有東西！扶住他！」

守衛與侍女連忙上前幫忙。叡辛咬牙，為了不要傷到方柯，他果斷但沉穩地抽回手指。

才抽回指尖，一隻斗大的深黑色長蟲竟扭動著身體，從方柯嘴中滑了出來！

「呀——」侍女驚惶尖叫，守衛則慌張地踏靴踩死黑蟲。

牠約有半個拳頭般粗大，觸角與千足同時詭異地綻放，型態看起來像是平日潮濕陰暗處都可見到的馬陸。

「呼……呼……」方柯雙眼一翻，昏了過去。但聽見他平順下來的呼吸後，叡辛與侍女等人露出安心的苦笑。

「請再找醫生診療他，並向我回報好嗎？」

如此交待完，叡辛拎起自己的肩背帆布袋，穿上靴子離開。

渾身不自在，胸口也發悶，大概是方柯醫生的小宅陰陽怪氣的，將叡辛此刻的步伐也渲染得雜亂急促。

才轉上自己住宿處的塔樓，就看見潔斯披著深藍羊毛大衣，一副要出遠門的焦急模樣。

「你跑去哪裡?不是說好由我陪你去看醫生的嗎?剛剛親衛隊把你房間搜了一遍!在你幫了沙藍諾皇室這麼多之後,他們竟然還如此不知感恩!真是氣死我了!」

「等等!一件一件說,妳現在要去哪?」

「我以為你出事了,正想找你啊!親衛隊只說有調查必要,就忽然風風火火地衝進來把房間都翻了一次。真是的!這些偽善的沙藍諾人,現在不需要我們了就這種態度。」

叡辛眼中的潔斯一向拘謹嚴肅,不是愛說氣話的人,能讓她在大庭廣眾下抱怨又公然說出這種挑釁話,絕對非同小可。

「人沒事就好,我進去看看。」叡辛步入房間。他的行李與書桌確實有被翻過的痕跡,但並不如潔斯描述得那麼粗暴無禮。

當然,忽然非經自己的同意做出這種事,叡辛也不可能對親衛隊的行動有太過善意的聯想。

「狗急也會跳牆,他們一定沒有線索才會出此下策,會懷疑我很正常。親衛隊大概也怕我事先把什麼證物藏起,才會搞突擊檢查這招吧。」叡辛安撫著氣呼呼的潔斯。

檢查了房內,沒任何物品被拿走。或許親衛隊根本就對證物以外的東西不感興趣，這也不奇怪。

潔斯冷靜下來後，獨自回角落啜飲著紅茶，眼神又恢復了銳利冰涼的冷調。

「少主，我們還是用這個理由做點文章，快點回萊欽城吧！老爺也在等著你回去。何況，這幾天你受累了，繼續待在這裡也沒有好處，每晚我在你房內的隔間睡，都聽到你翻來覆去的，你肯定也睡得不安穩！」一句句都在展現絕對的控制權，潔斯的語調，十年如一日。

但怎麼可能就這麼回去？與雅思明的緣份或許已經盡了，但叡辛無法想像自己要帶著滿滿的疑惑回萊欽。

就算他能回到熟悉的城市、睡在熟悉的被窩裡，心底也會像煮焦的濃湯般苦澀不安。

無言地打開隨身的帆布袋，叡辛本想取出錢包計算自己還有多少盤纏，眼角餘光卻瞥見了袋中的其他物品。

卷宗、沙藍諾地圖，與夾著雅思明信件的一本小書。

「啊！就是這本書。」

他正盯著方柯提過的那本書看。巴掌大的小開本，綠皮燙金雕花封面，繪著一座古城外的嫻靜大樹。

這是三個月前、雅思明連同書信一起寄給他的禮物。

「妳知道嗎……潔斯。」叡辛帶著微笑轉頭望向一身外出服的家庭教師。「妳說的對極了，我們明天就回萊欽城。」

潔斯瞪大墨黑色的眼睛。「真……真的嗎？」

「是的，我們快點回家。」叡辛認真地凝視著她。「然後，再也不回來了。」

浩瀚得即使抬頭也難以望穿全貌的殿堂中，披著海軍藍長披風的克萊納，正蹲坐在黑白相間的菱形大地磚上。

地磚拼湊出向外擴張的太陽烈焰黑白圖紋，中央砌造著一座圓形深黑色水池。這裡是宮廷教堂外殿，象徵著德昂女神的門廳。需要獨自禱告的信眾經常到這裡來。

寧靜的午後，颼颼海風將空氣渲染得濕寒，克萊納以恭敬的單腳跪姿，傍池禱告。當他正式從親衛隊實習生畢業時，先王曾在此冊封他為聖鎧殿騎士團的一員。

聖鎧殿早期是東部大陸不隸屬於任何皇室的武裝組織，但自隨著德昂正教在東大陸各城邦站穩腳步，篤信正義與公平的聖鎧殿騎士團就分別以分部的形式駐守於各邦的德昂神殿中。

而沙藍諾的聖鎧殿騎士團是最為有名的，也是聖鎧殿的總隊所在。百年前，當聖鎧殿騎士們在此落腳時，據說連北方的遠古飛龍都親臨本殿上空，向他們致意。

然而，不是每個親衛隊士都是聖鎧殿的一員，騎士團不但需要經過操行與信仰的考核，在品行上也要求得十分嚴苛。因此，當二十五歲的克萊納在此受封為騎士時，那可謂他人生中最美好燦爛的一天。

那天是夏至，十分炎熱，整個儀式只有十多人受邀參與，十歲的雅思明也在其中。

一臉慈藹的深髮色先王，蓄著整齊鬍鬚，身披金色夏服，穩當舉起獅頭龍尾的王者之劍，將之輕點在全副銀鎧甲的克萊納肩上。

「以德昂女神和受其庇佑的沙藍諾皇室領導者之名，朕在此宣布，汝，克萊納．諾威，已通過聖鎧殿騎士團最高準則的一切要求。汝的舊身分已被聖殿的歷代聖使們親手除去，往後，汝將是神聖的聖鎧殿騎士，以守護沙藍諾大業為一生的目的。當汝抬起頭時，汝已是德昂女神親手遴選的凡間見證，朕以沙藍諾之名祝福你，康健永久，信念長存。」

「康健永久，信念長存。」觀禮的十多位貴賓齊聲祝福道。白衣女祭司平舉著入鞘的藍柄長劍贈與克萊納。冰銀色的劍身燙印著張開翅膀的獅鷲獸獸印，刺藤徽紋與獸翅往劍柄兩處延展。獅鷲獸音同「施救」，口中叼著象徵德昂女神的天平，意指獲此贈劍的聖鎧殿騎士，都具備替天行道的智慧與判斷力。

原本龐大莊嚴的劍身握進高碩的克萊納手中時，也顯得輕靈了起來。

「奉德昂女神與沙藍諾之名，末將遵命。」接過劍，克萊納的胸口鼓脹著激動的情緒。

只不過，成為聖鎧殿騎士的第一秒鐘，他就遭到了突襲。

突襲者，是一位衝出賓客群的藍洋裝小女孩。

十歲的雅思明公主，熱情洋溢地在他頰上留下一吻。

「殿下！」克萊納困窘地撇過頭，毫無應對能力。如此神聖的儀式從未有過這樣的「鬧場」先例，賓客們一時間也都愣住了。

「哈哈哈！看來我們雅思明給了冊封儀式一個新傳統啊！」國王哈哈大笑，大手將雅思明攬進自己懷裡。

「女兒啊！往後妳還要吻幾個聖鎧殿騎士才甘願呢？」

「『往後』是什麼意思？」小雅思明斜眼看著父王。「我只親克萊納就可以了。」

眾人爆出一陣笑聲，克萊納則仍維持單膝跪地的姿勢，低垂著頭。

「好了，聖鎧殿騎士，克萊納，可以起來了。這裡暫時沒有需要你下跪的事情了。對吧？」國王親手將克萊納的肩膀往上扶。

回到現實時，殿庭只聽見徐徐的池中水聲，寂寥而幽靜。在這個半開放式的壯闊大殿外，克萊納的身後明明是陽光普照的晴朗冬日，前殿卻因為高聳如雲的屋梁而顯得陰冷漆黑。

「又想起以前的事了。」回到當下，三十五歲的克萊納撫著頭。他到聖殿來是想尋求神的指引，沒想到連德昂女神也要戲弄他，讓他回想起十年前的事。

「我主德昂，馬上就是祢的生日了……如祢與聖殿團騎士的誓約所述，請祢賜我所有一切所需，讓我為祢了結宮中懷有惡意的不肖份子。也願公主在祢那裡，過得安好。」才剛靜下心禱告完，就聽見庭院彼方傳來一陣颼颼風聲。

陽光被遮蔽，大地轉瞬間被大鳥般的翅影所覆蓋。克萊納仰頭望向雲端時，發出了歡迎的笑聲。

「哦，哈哈哈！」

空中的大鳥持續繞著弧形往下滑翔，但仔細一看，可以見到白色的帆布翅翼，與踩在竹架上的瀟灑人影。

來者，是操縱風翼、呼喚風精作為飛翔動力的天鎧使。

這類天鎧使也隸屬於聖殿騎士團，但因為他們身負傳教、魔法研究與教育等多重職責，所學所需都比騎士團的要求更為嚴格，對於神學的悟性與品格的要求也在騎士團之上。

而天鎧使平常都是輕肩甲配上慣用的短佩劍，以白色、米色、灰銀為服裝配色，飛翔時的身影更像雪鷹般飄逸清新。他們在北沙藍諾的操練基地中，多半需要操縱能在空中飛行與戰鬥的巨大人形鎧甲，又俗稱「天鎧」。原本只是神使，卻因為出名的空戰與情報偵查武器，因而有了「天鎧使」的名號。

同樣是來自北沙藍諾，眼前的天鎧使馭風滑翔，一伸腿就輕盈地降落殿外空地。噴水池的白色水沫灑在他恬淡俊美的側臉線條，棕金色長髮往後束，尾端編成細小的髮辮。

「藍培，我才回來這幾天，你就這麼想我啊！」克萊納見到老朋友，語調飛揚了起來。

「你就儘管說嘛！只有在我面前，你才會這麼自大。」藍培舉起戴著白手套的前臂，在額前打了個隨性的敬禮招呼。「嗨！克萊納。」

「嗨！什麼風把你吹來的？」每次見到藍培，克萊納總不忘開上這個雙關玩笑。

「真是的。」藍培苦笑地挑了挑眉。「說來諷刺，我為了黑魔法而來。」

克萊納的神情一轉嚴肅。「原來如此。」

「嗯，這兩天在沙藍諾宮廷周邊有大規模的黑魔法波動，教廷核准我出來調查。不過，你也知道我們的作風，天鎧使會先各自為政，等蒐集到足夠線索才一起呈交到教廷，大家共同釐清案情。」

「你來的太好了！」克萊納終於感到胃底的不安感解除大半。「的確，這幾天我和萊欽城的王子才遭受到黑魔法攻擊，對方似乎來頭不小，但，在那之後宮內並沒有什麼異狀，就我所知沒有。」

「王子殿下嗎？哇！你這頭孤狼什麼時候這麼容易交到朋友了！」藍培邊寫著筆記邊打趣。

「其實，王子殿下也很在意公主過世的原因。」克萊納說。

「事實上……我有個內線情報要告訴你。我知道你很敬愛公主，所以這個消息，一定要先跟你說才行。」藍培低聲搭住克萊納的肩膀，兩人在噴水池旁迎著日光。從方才開始，藍培藏在灰大衣中的另一手就似乎握著什麼。

克萊納不用特地去瞧也知道，藍培握著的是取自北方飛龍泉底下的礦脈水晶。藍培將水晶製成菱形項鍊，配戴在胸前。

每個天鎧使都可以自由選擇施法時的道具，但他們更視這種道具為渠道與容器，以輕易傳導能量的魔法物質來工作。

「密語——屏障！」藍培低聲用如韻詩的語調輕念，周遭的環境雜音立刻變得清晰起來，鳥語成了高分貝的歌唱，連噴水池的聲音瞬間變得震耳欲聾，聽不到藍培的聲音。

但隨著藍培又吟了一句完成咒，耳畔的各種音源再度恢復原本比例，不再吵雜不堪。這類密語魔法與密影魔法，能保證天鎧使的調查內容只有他們與當事人知曉，不會被竊聽或跟蹤。

「昨天我們神殿的祭司與沙藍諾宮廷神殿的祭司隔空互通儀式，照例要對往生者進行占卜，詢問他們葬禮日期的安排。這項儀式也是皇族所批准的，因為他們正為公主後事的處理煩惱。」藍培說。

「嗯，畢竟也不能一直隱瞞人民。」

「是啊！但歷經一個多小時，占卜遲遲沒有結果，祭司也開始精神恍惚，我們捕捉到微弱的黑魔法能量。比起我們而言，祭司們本來就對黑魔法較無抵抗力。我現在就是要來調查黑魔法的源頭，你也告訴我最近宮裡有什麼異狀吧！」

克萊納把最近宮中的事情都交待了一次，不過，天鎧使並不是能閒聊太久的身分，藍培很快就必須進入德昂神殿內報到，雙方也約定暫時先保持距離，等彼此有進度之後再碰面。

望著天鎧使灰藍色披風英偉甩動的背影，克萊納的心情終於踏實許多。

Chapter 12 身分轉換

「唉！王子真的要回去了！」

「不跟公主結婚了嗎！到底發生什麼事？前幾天也看到歌頓軍隊進出，宮裡沒出什麼事吧？」

「是不是因為感受到歌頓的壓迫，王子臨時退縮悔婚了？到底把我們的雅思明公主當作什麼啦！」

一早，市井巷弄間就充斥著人民的議論。在調查未果的這一刻，沙藍諾宮廷仍將公主的死訊封鎖了起來，但卻刻意放出叡辛即將離城的消息，一時間，輿論譁然。

人們雖是抱持著困惑與不滿，卻還是對著這位英俊的鄰邦王子有所期待，也有人認為王子只是延婚或回城準備搬遷事宜……種種坊間謠言讓大馬路周邊的小販們紛紛卡位做起生意，大街被擠得水洩不通，大家都想一睹王子離城前的最後風采。

無論是否結得了婚，萊欽城的年輕城主尊容，恐怕好一陣子見不到了。民眾們把握機會，在路邊投出象徵希望的藍白彩帶，而這也是沙藍諾的代表色，藍是忠誠，白為純潔，兩者合一的新時代氛圍，顯然未因王子的離開就被驅散。

沙藍諾的幾位重臣不禁感嘆，還好人們還不知道公主去世的消息，否則此刻迎接大家的，恐怕會是國難般的暴動了。

再五天後，十二月三十一日的德昂女神誕辰就要來臨。沙藍諾全城處於歡慶氣氛中，家家戶戶早已張燈結綵。沙藍諾的冬日雖不如西方高原刺骨寒冷，但日夜溫差大，海風強勁的日子裡，就連愛露出古銅色肌膚的沙藍諾少女也會套上長袖衣衫。

叡辛的馬車與先前來訪時的一樣，黑檀配上金邊，四駒拉一車，車身充滿萊欽的長窄實用風格，適合往返林地。

與進城時不同，叡辛並沒有頻頻朝民眾揮手。或許是怕辜負人民的期待，也或許是受連日疲累的影響，緊閉的車窗與搖曳的藍色密簾剪影，留給熱情的民眾不少想像空間。

與看熱鬧的人們不同，有名帶著淺米色寬帽的細腿少年走進了深巷中。從外表來看，他就跟一般的在地沙藍諾人無異，行姿匆匆，拎著一個東方行商常用的藤簍。

少年臂上繫著藍與金的細長祈福緞帶，雙結打成翅狀。金，象徵德昂女神的黎明，藍是沙藍諾的配色，顯露出德昂節前夕許多沙藍諾人的繽紛心情。

「欸！借過啦！」幾名趕著去送別王子的毛躁小孩闖了過來，與少年擦肩而過，或許在他們眼中，少年只是一位做做小本生意的在地商人罷了。

無論在東大陸的轉運站萊欽，或商貿中心沙藍諾，這類商人多如過江之鯽。

少年的簍子中，的確有想販售的物品。但他的動機，早已遠超過這座城所能想像的。

眸子是柔軟如蜜的淺栗色，少年面容秀氣，腦中想著的只有三件事。

香草種子、三色貓的貓毛與廉價菸草。

「有了！」眼前出現大規模的白棚香草市集時，少年微笑地想道。他攤開懷中的市鎮地圖，迅速地將一小塊範圍給圈起，顯然鎖定了目的地。

都走到這了，附近會有三色貓與廉價菸草的地方也就近了。

搭了浩大棧橋下的小舟，在幾首船夫的情歌中航入巷口，又途經雄偉的白牆教堂。看見眼前的小酒館時，少年的眼中同時浮現了決心與笑意。

「罌粟耳語」招牌是這樣寫的，外頭站著幾位賣身陪笑的女郎。

紅髮少年進入罌粟酒館，昏暗的光線幾乎辨別不出他秀麗的臉蛋，其實是個女孩子。

米妍將長髮塞進帽子中，換上行商的裝扮才出宮。

「沒人比我知道商人的裝扮和氣質了。」叡辛拿出自己的衣服給她替換，無論在儀態與神情方面皆恰如其分，米妍也學得很快，經過巧手改造後，她就跟著貨車馬夫一同出宮，中途才下車步行。

表面上看來，罌粟酒館與沙藍諾其他的酒館無異，可以見到許多非人類的客人，不管是體態纖長的妖精，還是從北方部落低調移居過來的獸人族，都反映出沙藍諾對移民友善的特色，眾人多半能和平溝通。

酒館的小舞台上有群身形厚實的少年、少女、小獸人，野豬般的獠牙下，吐出的是悅耳甜蜜的尼舒微文情歌，擁有黝黑皮膚的幾位妖精美男子商人，則優雅微笑著替他們鼓掌。

酒館老闆——身穿小紅皮背心、頭頂厚重水牛彎角的薛尼克第一眼就注意到米妍進來了。他有著狒狒般的外貌，黑亮的毛皮配上厚唇大嘴。

吧檯的確如市井情報所言，趴著一隻意興闌珊的三色貓。米妍友善地伸手讓貓咪嗅了嗅。

「生面孔啊！妳也是來看花花的嗎？」老闆薛尼克仰起頭頂的彎角問。

「**聽說花花會占卜。**」米妍拿起掛在胸前的手冊，薛尼克明白她無法說話之後，並未流露出任何驚訝，眼神也始終禮貌地望著她。

這樣的友善，對宮外的人來說並不常見。

「可惜，花花今天罷工，不占卜了。」薛尼克語調充滿濃厚的北方腔，雙手則柔柔地撫了撫花花的背。「女孩子嘛！總有任性的時候。我也不勉強她囉！」

他用酒紅色的銳利眼瞳注視著米妍。「來這裡還有什麼事？妳打扮成這樣，應該不是個人癖好而已吧？」

不愧是見多識廣的老闆，一眼就看穿米妍真實的性別，也明白她的商人外表只是個幌子。米妍不常出宮，但她有自己的情報網，觀察力也很敏銳，方才見到一群提著大行李箱、風塵僕僕的妖精進了這間小酒館，她們肯定不是要留在這裡聽歌啜飲的。

「我是來跟你做個交易的，這把鑰匙是你們這裡的吧？帶我去開門，這箱子裡的東西就都是你的了。」

米妍豪氣地將簍子搬上吧檯，遞向薛尼克。但他只是皺了皺眉。

「別污辱人，我可不是用錢就能買通的傢伙！妳或許不知道，我老薛是出了名的正直和會認人，妳這種生面孔拿著這把來路不明的鑰匙就要我帶路，那對鑰匙真正的主人不就太失禮了？再說，妳哪隻眼睛看到我這裡有通往房間的門？這只是個普通酒館，懂嗎？」或許是叡辛放在簍中的鉅款將薛尼克激怒了，他激昂地朝米妍臉上噴著氣。

但米妍仍撐著小小的身體瞪視著這位獸人，紋風不動。

「別激動，老薛。」就在此時，身後傳來一個粗糙蒼老的聲音。「她是跟我一起的。」

方柯醫生和善地微笑，雖然臉色慘白如死人，衣著也比往常印象中的邋遢，一頭白髮蓬亂地掛在耳後，但方柯仍微笑地對驚喜不已的米妍點頭打了個招呼。

「既然是醫生您，那當然就沒問題了。」薛尼克收起了怒意，揮了揮手。「搞什麼啊！別嚇我了。倒是玫雪，這次怎麼沒跟您一起來？」

「玫雪今天有事，忙著結婚去了。」方柯打趣回答，米妍這才聽出來，公主在宮外化名為「玫雪」，而她竟然連眼尖的薛尼克都瞞過了。

看著方柯與薛尼克親暱互動的模樣，米妍除了開心，更感到如釋重負。她拉拉方柯的衣角，笑著表示感謝。

「沒什麼，我雖然還是虛弱，但已經服了藥，又有一票人照顧著，還死不了。」

「謝謝您昨天雖被下蠱，但還是努力跟王子殿下說這麼多。」米妍寫道。

「說真的，那時的事我已經一點印象也沒有，或許『蠱』能控制我的精氣，卻控制不了我的潛意識吧？我今早恢復意識後就衝到馬廄去查看鑰匙，想了想，能找到這裡來的大概也只有妳了。看來，你們也知道雅思明的事了，本想早點告訴你們真相……但宮內太多耳目，托盤而出絕對會連累你們，寫信、留謎語也只會製造更多後患，雅思明堅持她偽裝死亡的事，只有她和我知道。」方柯語帶喘息，雖然模樣衰弱，但瞧他熟門熟路地走到酒館後門的神態，米妍也暫時放心。

還好方柯趕來解危，否則光憑自己一人，還真無法騙過薛尼克。米妍不禁感嘆，自己雖然每週都能出宮辦事，偶爾也能返家探親，但對這種龍蛇混雜的圈子仍是一點辦法也沒有，只能憑膽識硬闖。

酒館後門直通防火巷，盡頭有扇石門，門上有十個巴掌大的獅頭浮雕排列成放射狀弧形。

後方的巷牆綠意繽紛，看樣子是通往另一個宅第。但沒想到方柯在石門的獅頭點按幾下之後，一架籠狀的鐵製升降梯就緩緩上升。

「進來吧！這裡使用了迦姆能量石，一感應到石門振動，梯子就會上來的。不過，要是沒有鑰匙，見到了如此的景象也只能無功而返了。」

方柯話中有話，隨著傳出嘎嘎聲的鐵籠一路往下，原本明亮的光源也被阻擋在上，米妍瞬間失去了視覺能力。

「馬上就到了。」方柯咳了幾聲，自己也瞇了瞇眼睛。

鐵梯的快速下降，讓人感到一陣暈眩。不過，當米妍再度睜開雙眼時，籠底的縫隙傳來團團豔麗又迷幻的綠光。

♛

離開如雪山般壯闊的沙藍諾米色城門，已是一小時前的事了。

叡辛望著窗外的森林景緻發愣，頂著卵形髮髻的潔斯則迫不及待地講述著萊欽城的慶典故事，原本刻板的表情也稍稍放鬆。

「迫不及待回去過德昂節了！就當這次是因禍得福吧，若你真的在沙藍諾入贅了，老爺也會捨不得少主的。宮中有多險惡，這會兒我們這些鄉巴佬終於見識到了。回去我們得和老爺好好商討對沙藍諾的外交策略，合約也需要重新擬定……但在那之前，至少我們能好好過節，明春再議了。唉！這沙藍諾的海風，讓我的皮膚和髮尾都乾燥啦！」

然而，在幾個月前談定婚約時，潔斯說的可不是這麼回事……

「少主，你要想想自己在萊欽還有什麼價值可言。論治理城邦的才華與商學背景，你輸了二少主，論武藝與勇氣，你從小就是愛好和平的傢伙，也不像小少主那樣熱血投身軍旅。但你是長子，外表又還可以，算是萊欽的顏面，能夠為萊欽做出貢獻，應該要感激萬分了。若你還不好好學習宮廷禮儀與進退應對，老是這麼隨心所欲，就是把萊欽上萬城民送入歌頓的虎口啊！」

「嗯……這下真的是送入虎口，稱心如意了呢……」此刻，叡辛不屑地呢喃道。

當然，潔斯只是一頭霧水。她一向無法跟上叡辛跳躍的思緒。

這趟回鄉，叡辛的馬車約有十個騎行隨扈，半數為沙藍諾軍隊派出的人手，另外半數則是萊欽城的原班人馬，馬匹也是萊欽出的。隊伍說長是不長，但進入抄近路的森林小徑之後就呈現鬆散的直線。這條路線，是今日由潔斯變更的。

「我們不走平常走的峽谷小道嗎？」叡辛問。

「怎麼可能走那！治安這麼差！」潔斯反駁道：「沙藍諾出了事，不代表我們就很安全，這你也懂吧？少主你就是太沒心眼兒了，都幾歲了還像小孩一樣！」

才剛說到這裡，前方忽然迸出一串轟然巨響，爆竹聲接連由遠而近。馬群一陣驚呼踢蹬，車身也隨之一震，潔斯當場撞上窗框，扶額尖叫。

「是偷襲！保護少主！」隨扈們慌成一團。馬背上的士兵們雖努力在林中綠意中驚惶抽劍，卻控制不了馬兒們的恐懼躍動。

萊欽的老隊長衝回馬車廂時，驚見一個高大黑影把滿臉驚恐的叡辛給擄上馬去。

「來人啊！少主被……」老隊長邊大叫邊揮舞劍，口鼻卻瞬間湧入了嗆辣的煙霧，眼淚直冒。等到十個隨扈好不容易重振旗鼓，車廂裡只剩下額頭瘀血、髮絲散亂的潔斯。

森林深處，趴在黑馬背上的叡辛，仰起頭望著綁走他的人。

「怎麼樣，還順利吧？」

「順利！只是……對你的人馬很不好意思就是了。」一身黑衣的克萊納取下黑面罩，苦笑嘆道。

叡辛覺得自己才想苦笑呢！「唉！又說這種話。昨晚早說過要你別在意了。」方才的擄人計畫只用到了果農驚嚇猴子的爆竹、圍堵傷人猛獸時會用的催淚藥粉。但計畫趕不上變化，克萊納不想傷害積極守護叡辛的士兵，擄了人就連忙上馬。

因此，叡辛到現在都還呈現掛在馬背上，如同牲口般的微妙姿勢。

當然，為了維持王子的尊嚴，克萊納邊騎馬，邊伸手貼心地將叡辛扶正。坐在前方的叡辛將瀏海往後撩整，這才發現，克萊納比他整整高出一個頭，兩人一時氣氛微妙。

「很抱歉沒準備您的坐騎。請別在意，以前我和公主殿下也會這樣騎馬。」

「我才抱歉，畢竟我不是公主。」叡辛打趣道。

兩人出了林子，往更遠的山林之處遠遁，為了保留體力，克萊納微鬆韁繩，讓馬兒自己慢慢走。

「以前你也會和雅思明一起騎馬呀？」

「在她還是小女孩的時候。」克萊納答道。

「噗！為什麼要特地強調這點……」

「末將……沒有特地強調呀！」克萊納這才想到，或許是叡辛覺得兩個男人共騎不太舒適、對馬兒負擔也過大。他索性下馬牽住韁繩，讓叡辛得以獨坐在馬鞍上放鬆。

「不曉得米妍現在怎麼樣了……」叡辛擔憂地望著南方，那是沙藍諾的方向。

「應該還在調查吧？放心，她比我們想像中的機靈。多虧了你問到御醫方柯，又隨身攜帶那本小說。否則讓親衛隊搜走了，事情就更難辦了。」

「唉！一切都是運氣吧！所幸方柯即使病情嚴重，還能夠告訴我最重要的線索。」叡辛從隨身行囊中取出綠皮書。

昨晚，親衛隊在方柯提到這本書之後就立刻派人闖入叡辛房中搜查，目的就是要找這本書。所幸這本書體積小，又是雅思明送給他的第一份禮物，意義非凡，叡辛才會隨身攜帶。

而方柯吐出的蟲體與神智不清的模樣，都只讓叡辛聯想到他以前讀過的民俗黑魔法技倆——下蠱。

是有人故意將方柯整成那樣，以防他說出關鍵訊息。恐怕方柯的一言一行也隨時受到監視，親衛隊才會一聽到書的訊息就去抄房。

至於這本書究竟是何種書？其實昨晚私下在廚房密會時，叡辛也親自解說給克萊納和米妍聽了。

當時，傍著廚房巨型麵包爐的餘火，火星的光影在叡辛激動的綠眸中跳動。

書名是《旭日再昇》，描述遠古部落的首領叛變傳說，本書充滿了原始的部落魔法與森林幻術。最重要的一點是名為「太陽」的部落王子，在繼承權中落敗，遺體被敵人毀壞，但家鄉的妻女悄悄縫合太陽的遺體，操弄德魯伊密法，使他復活重生。

這是雅思明最喜歡的書，喜歡得不得了。

「『即使能以另一個新生命的樣態誕生，我也願意重拾自己原本的使命，如同星星不拘泥地上的名號，始終為人民而亮，即使超越時空，它也堅持存在。』這是我最喜歡的句子，這本書解決了許多我生命中的疑惑，是能撼動價值觀的作品。也請你一定要讀讀看！」信中，雅思明天真熱情的口吻，叡辛仍記憶猶新。即使當時是透過書信聯絡，他卻彷彿聽得見這位公主明朗暖和的聲線。

一定如同沙藍諾的潮水般吸引人吧！

那是第一次，叡辛有了想更認識雅思明的念頭。而那時的叡辛也沒有想到，《旭日再昇》這本看似平凡的綠皮小書，竟隱藏了雅思明無法言說的計畫。

在宮廷中，她無法留下證據供有心之人追尋檢閱，信任的對象寥寥可數，無人能改變她的困境。

因此，雅思明有了只能依靠自己的想法。

光想到這點，叡辛就感到心疼不已。

「總之……」他打起精神對克萊納說：「在萊欽的父老發現我失蹤而著急，引發外交危機之前，我們還有一到兩天的調查時間。」

因為自覺無法就這樣突然離開沙藍諾，叡辛才計劃了這樁綁架。

「暫時可以隨心所欲地跟著你一起調查了！何況，我失蹤一事也會再給沙藍諾宮廷施加壓力，迫使他們認真思考何時發布公主的消息。這是最萬全的辦法了。」

「殿下賢明，末將當盡一己之力。」

「別再這樣說話了啦……」

颯爽的午後山嵐，捲起了克萊納的黑色斗篷，他仍是那個牽著韁繩的恭敬騎士，伴隨馬背上一身深灰輕裝的叡辛，步入荒野的彼端。

而兩人方才的對話，仍在持續著。克萊納的藍眼，湧現出確切的澄澈決心。

他說：「一直到昨晚，我們才終於弄懂了。方柯為什麼特地提醒你《旭日再昇》這本書、藍培提到的祭司占卜不出死者回音，以及方柯和雅思明頻繁出城、身上帶著草藥氣息的原因……理由都只有一個。」

「那就是，雅思明其實還活著。」

叡辛提及昨晚的結論，露出連日不見的舒緩淺笑。

光聽到這個事實被再度複誦，就讓徹夜未眠的克萊納也瞬間紅了眼眶。

雅思明公主，此刻還在這世界上。

想到這點，就讓克萊納渾身的血液都翻騰了起來。

其實，這點不難猜到。但要做出雅思明還活著的佐證，卻有難度。

叡辛點頭附和道：「倘若雅思明真的死了，黑魔法的力量為什麼還如此囂張積極？而攻擊我們的獸人那晚手中拿著的是籠子，而非武器。那就是，也許敵人並不希望你和我死去，只是想活捉我們另做他用。」

「若連我們對他們而言都如此有價值，敵人又何嘗不會想到利用雅思明呢？」做出這樣的結論，讓克萊納心如刀割。

雅思明一開始就與方柯串通好詐死計畫，雖然目的是什麼，克萊納與叡辛還不清楚。但很明顯地，敵人識破了雅思明詐死的詭計而從中攔截了她的計畫。

「現在，我們只需要找到誰從棺材中綁架了她就好。」叡辛毅然說道。

Chapter 13

很久很久以前

一片濃墨般的夜色，使人伸手不見五指。有個溫暖卻也神祕的甜美嗓音，如窗下的夜來香般浮現在金髮女孩的腦海。

「從前、從前，有個美麗的女孩，她深信學會魔法就能得到幸福，於是她還小時就偷偷跟著母親親近大自然的力量。她最先讀會的，是身旁最親近的男人的心。『記住啊！孩子，掌握了男人，就能掌握這個世界。這也是媽媽對妳最大的期待。』每晚，她的母親都笑著用纖長的指甲邊拂過女孩的髮絲，邊這麼對她這麼說。女孩的母親是那麼的美麗，年過一年卻沒有老去，反而越發嬌豔。女孩向母親看齊，因為母親原本是個踏浪歌唱的漁女，卻能嫁給全國最富有的人，倘若擁有母親那樣的魔力，或許自己也能得到幸福吧！至少，女孩是這麼希望著。」

溫柔中帶著嚴厲的話語化作意識，女孩一面聽著，一面在夢中的雪白荒原迷了路。刺骨的風剝去了她的斗篷與皇冠，腳底也踏入冰冷的雪中。

「好冷……」雅思明在一片漆黑中醒來。這已經不是她第一次在這裡驚醒了。

而她很清楚自己在什麼樣的地方。

雙手被套入滿是鐵鏽的手銬中，身上還穿著入殮時的華麗深紅禮服。緩緩起身時，她赤腳踩在滿是灰塵、黴菌與老鼠排泄物的地磚上。一頭旭日般的金色短髮長度尚未及肩，半掩在臉上仍顯出幾分嬌麗。

這不是她第一次死亡，卻是她第二次重生。

在雅思明的記憶中，她的心有一部分已經在母親遇襲的那個午後死去了。即使當時年僅二十歲的克萊納自責著無法保護她母親，小雅思明的心情卻感到有些輕鬆。

「這樣就只剩下爸爸了。」母親的葬禮上，她對克萊納微笑地說。但他聽不懂她的意思，卻眼眶泛紅地抱著她，一次又一次地道歉。

克萊納總是聽不懂她的話，僅能用他自己的方式理解著她。雅思明並不討厭這樣，至少，在憨直可愛的克萊納眼中，自己是爸爸媽媽的掌上明珠。

克萊納不會知道，作為一個長女，在期待長男的皇室家族中受了多少委屈。即使沙藍諾因此對外加強母系形象，卻也無法壓制宮廷中反對勢力的輿論。而克萊納也不會瞭解，即使有了沙藍諾國王與皇后的愛，雅思明卻無法真心感到快樂。

「我不稀罕歌頓的血統，跟沙藍諾歷代的公主不一樣，但若我不振作起來，就得像媽媽一樣依靠男人。」從小，雅思明就如此認知著。然而，她撐過來了，她以自己的身分為榮，在沙藍諾城民中有了「人民的公主」這樣的美譽。

「擁有歌頓血統才能繼承一切，這樣的舊時代已經過去了。」成為少女後，雅思明也認真地感知到這點。

連萊欽城的少主叡辛，也深深尊敬著她。

雖然他也沒有皇室血統，但在雅思明眼中，叡辛是個不折不扣的王子。他聰慧、勇敢且高貴，因此，這樣的人不該只配「到沙藍諾入贅」這種結局。

「還是不要結婚比較好。即使不靠結婚來穩固王權，我們也一定能走出自己的路。」見到叡辛本人後，雅思明也下定了決心。

在結婚之前，明明還有很多事情需要調查，需要解決。但因為不知道能相信誰，雅思明只好借用這幾年跟翠夫人學來的魔法，替自己爭取時間。

不過，即使是自己的祖母翠夫人，也不能相信。

「縱使有未婚夫的美名，叡辛卻是萊欽城未來的希望，還是不要把他捲入這種宮中內鬥比較好。」每晚，雅思明都抱著這些答案入眠。

「雖然無法打從心底去愛自己的父母，但克萊納卻是父母送過我的……最好的禮物。光是他們讓克萊納走進我的生命，這點就已經足夠了。我可以犧牲很多事去挖掘父母留下的祕密。但唯獨克萊納，絕對不行。絕對不能讓他被牽扯進來。如果他能安全地活在北沙藍諾，遠離這個瘋狂的宮廷，那才是真正對他好的決定。」在彼此斷斷續續的聯繫中，雅思明也將克萊納請出了自己的心底。

「至於身旁最機靈聰慧、聰明到甚至讓人害怕的米妍，雖然不會說話，卻總是用那雙栗色的澄澈眼睛觀察著一切，甚至也察覺到了我學習魔法的事情……或許，不這麼輕易地信任她，也比較保險。」

此刻，雅思明用早已適應黑暗的灰藍雙眸望著周邊。

毫無窗戶的偌大牢房，裡頭連張毯子也沒有，只有一只鏽桶裝的飲用水。

在沙藍諾北方的罪犯塔樓中，再怎麼邪惡的犯人，獄中總會留戶小窗給他們。

但雅思明的房中毫無光源，因為光是長期看不見陽光這點，就能輕易將人擊潰。

從自己虛弱到噁心想吐這點，雅思明推測自己已經在這裡兩天半了。

看來，敵人打算將她逼瘋。

「喂！聽見了嗎！我絕對不會告訴你東西在哪裡的！」不甘示弱地，雅思明拉長炙熱的嗓音吼道。

這是她兩天半以來，首度對這個深沉的世界發聲。

♛

米妍與方柯繼續隨著升降梯往下。原來下方一叢叢綠光的源頭，竟是一處廣大的螢光色地下花園！

伴隨著興奮的鼻息，米妍驚喜地鳥瞰著底下的風景。

清澈的流水穿梭在九宮格般的方陣花圃之間，苗圃間各大大小小的植物與花叢所散發出芒。不知名的紫色細長草藥群，散發出點點螢光的矮小植栽，以及懸掛在空中，散發出陣陣芬芳的巨大根莖類……各形各色從未見過的奇特生物，在廣場般大的水道花圃中伸展齊放。

九宮格苗圃之間的距離，剛好能供一座小舟通行。有幾位背著行囊的商人正划著小舟，穿過這座水上花園。

原來沒有陽光的滋潤，還能長得這麼好。米妍在心底驚嘆道。仔細一觀察，懸掛在岩洞頂部的巨大根莖物體似乎是一種魔法蔘類植物，色澤豔紅帶橘，一路從天頂逆向往下生長，根部的觸角像是母親庇佑孩兒般往植物園四方延伸，隱約還聽得見觸角換氣時的細微颼颼聲。看樣子，這些植物的能量來源並不是太陽，而是這個如巨大吊燈般的魔法蔘。

當升降的鐵籠抵達地面時，方柯示意米妍也坐上小舟。

「不要隨便伸手摸，只有學過初階魔法的人才知道哪些草藥能碰。」方柯溫聲告誡道，看到他仍虛弱疲憊、額間冒出豆般大小的汗珠，米妍連忙接過槳來划，讓方柯稍作休息。

水源清澈，池底也並沒有想像中深。米妍想著，人們大概是引渡月橋方向的水，來灌溉這座地下魔法園圃。

「往那裡划吧！公主租的房間就在那裡。」方柯指著其他小舟陸續抵達的彼岸。水道的盡頭是條長廊。至少有十數扇門扉一字排開。

原來這裡不只是地下花圃，簡直也是座浩瀚的地下旅廳。米妍將鑰匙遞給方柯，由他親自開啟門。

但方柯雙手顫抖的樣子，令她好擔憂。

「我沒事，快進去吧！」方柯雖是這麼說，卻似乎站不太住了。開好門後，米妍連忙一把將他扶入房間。

點了門口的燈，視線才漸漸澄明起來。整間房間鋪著深紅色的過氣壁紙，一架連身鏡、一張沒有被子的空床，另一角落則是滿架的魔法書籍，房間底部的書桌上似乎堆滿雜物，被人用白布罩了起來。

地上毫無灰塵，看樣子距離上次使用並沒有很久。

原來這就是公主平常出城的最終目的地。

米妍正想多問方柯一些問題，他卻急促地咳嗽了起來，原本就呈現冰冷溫度的雙手，現在僵直得連米妍都握不住。

「呼……呼……」才抵達房內就倒臥在床鋪上，方柯的模樣，真的不對勁。與其說他快死了，不如說他像是已經死了，但仍有活人的意識與動作似的。

米妍碰碰方柯的手想喚醒他，心想著：「現在若是奔回酒館求救，不曉得還來不來得及……」

沒想到下一刻，方柯竟翻身搶奪米妍手上的燃油燈，將它猛速擲到書桌上。

「嘶嘶——」火舌閃現，隨著燈油的噴濺路徑轟然竄起。米妍還沒回過神來，方柯忽猛力扯住她的紅色髮梢，不知何來的怪力將她拖倒在地。

「呀！」天生啞嗓的米妍發出抵抗的氣音，嬌小的身體已經被方柯給壓制。脖頸瞬間被勒住，根本無法思考。米妍眼前一黑，這才記得要將腳尖往後猛踢。

隨著反向甩動靴跟的動作，鞋跟竄出一根金屬刺針。這是克萊納替米妍裝上的防身武器。

米妍才感到心底浮昇出一股熱騰騰的勇氣，卻發現一個驚人的事實……即使針已經一次次扎向方柯，他卻毫無反應！

原來，方柯早已失去痛覺。

「嗚……」被壓制在地板的米妍仍不放棄扭打，她旋臂脫下鞋子，舉鞋就將它刺進方柯的眼底。

先是左眼，隨即攻向右眼。看不見的方柯被米妍往臉部一踹，暫時往後倒去。

濃煙竄進鼻腔，米妍回頭望著起火的書桌。

「啊，公主的東西……萬一是重要的證據怎麼辦？」心中湧過這個念頭，米妍踏過地上的方柯，扯起床單就往書桌猛拍。

就在她滅火的同時，失去雙眼的方柯仍如昆蟲般在地上蠕動爬行，再度將米妍扯倒在地。

頭部受到重擊，米妍連氣也呼不上來，視線也隨著漆黑的濃煙轉為模糊。隱約瞥見門邊衝進一個人影，若對方來意不善，自己也只能認了……米妍含著眼淚，倉皇地吸著自己在世上的最後一口氣。

「沒事吧？不要怕！」這個聲音聽起來非常陌生，堅定卻溫柔。是天使來接自己了吧？米妍感覺自己被一雙有力的大手扶了起來。

「撒路，曼赫克——風精，阻斷！」低沉如嫻靜大河般的聲音唸了咒語，一股純淨的清風撲上臉龐。米妍勉強睜眼，房中的濃煙像見了剋星般從房門迅速散去，書桌上的烈焰也轉瞬消逝，徒留桌上雜物的片片焦痕。

方柯的屍體倒在房間一角，動也不動。

米妍努力抬頭，想看清救她的人是誰。

那是張她不認得的臉，精緻友善。對方有著一雙充滿忠誠感的棕色平眉。細如指尖般的金色髮辮，長髮塞在耳後，他身上散發出一陣令人穩定的氣味，像是萊姆與檜木的森林氣息。

「我是天鎧使藍培，是克萊納的朋友。放心，已經沒事了。」

米妍望著天鎧使的眼睛，因為過度放鬆，眼淚也止不住了。

「怎麼哭啦？」藍培輕輕一笑。「都是克萊納不對，那個死腦筋，竟然讓妳一個女孩子來這種地方。來，妳頭上有點血，我來替妳清理。別動，坐好喔！」他輕柔帶著稚氣的安撫，彷彿把米妍當成一個小嬰兒般呵護。天鎧使身上有種溫暖而穩定的能量，像晴空飛翔的大鷹般正直無畏。這或許就是所謂的聖性吧？米妍從未接觸過天鎧使，但關於他們之所以能夠代表德昂女神的原因，她還是清楚的。

感受指尖在額上稍微使力的按摩，米妍好奇地摸了摸藍培的手。

「沒事了喔！應該只是很輕微的腦震盪，傷口也只有一點點。如果還痛，等等再告訴我。」

藍培邊將房門關上，邊用布巾清理米妍的傷口。「別擔心，我已經施展了隱形斗篷遮罩，後面確定不可能有追兵了。等等我也會在妳身上施展同樣的保護咒，來，先喝點水。」

藍培將一只小巧的隨身圓壺對上米妍的嘴。

勉強嚥了幾口，與其在意自己的傷勢，米妍起身後的第一個動作，就是衝到公主的書桌邊查看。

「是啊！這些東西不曉得怎麼樣了。」天鎧使跟了上來。「還很燙喔！別碰比較好。」

藍培用始終戴著白手套的手，掀開桌上被燒成一團的布。想當然，裡頭的雜物也受了損傷，一股被烈火肆虐過的藥草焦味飄了出來。

「忍冬、新橘、以及卓木的根……看來公主真的很認真研究魔法呢！總要有個啟蒙者吧！會是誰呢？」

藍培回望著地上的方柯，與米妍對上視線時，又搖了搖頭苦笑。「很顯然這位老師不是方柯。」

米妍眼神一片空白，關於公主是否在學魔法，她隱約知情，卻也無法確定。回過頭，她端詳著地上逐漸變得僵硬的方柯屍體。

木板般的屍體姿勢，硬得幾乎腳跟懸空，方柯的臉從方才的灰白色變成墨黑，全身的皮膚都出現細小的爆裂紋路。

「這個紋路是黑魔法產物被擊退之後才會衍生出來的象徵，所以，方柯從剛剛早就受到對方的控制，就像用線操偶一樣，一開始對方雖尚未使他對妳發動攻擊，但方柯已經被實施了遠距的精神控制。對方讓他一如往常和妳互動，為的就是要讓妳失去戒心，也藉機毀壞這座房間中的證物……」藍培睿智的眼神掃視著桌上的瓶瓶罐罐與書籍資料。「嗯！我是說，如果這座房間真的有證物的話。」

米妍拾起掉落在地上的小冊，在上頭書寫文字。

「至少，我們要找出公主是為了什麼離開我們的。是不是她掌握到什麼祕密或者把柄，卻又不能明說呢？」

「是啊！把這裡搜查一次就知道了。」藍培沉著地緩了口氣。「不過，在那之前……」他環視四周。「妳能幫我忙嗎？我需要水盆、泥沙、馬鞭草、曼陀羅葉、如金草的根、苦啞籽。趁屍體還沒冷透。」

米妍與藍培立刻就地取材，在房間的書架與各個置物籃、瓶瓶罐罐中搜齊材料。

「接下來是主角金魔蔘。」藍培推開房門，對米妍眨眼一笑，原來他們方才划舟經過的地下魔法花園，就有這樣的植物。

「我去借用一下。」只見藍培站到小舟上，攤掌低吟了幾聲詢問咒，岩洞頂端的巨大金色蔘類竟柔柔地伸出了氣根的觸鬚回應。

隨後「啪」的一聲，約有手臂那麼長的鬚根，隨風墜入藍培的手中。

「奉德昂之名，萬禮感謝，金魔蔘。」即使是急用，藍培也沒草率了禮節。

回房後，藍培將魔蔘的觸角探入方柯的口中。

「風精歸聚，化我明鏡，思嘉罕、莫馬路卡。」邊一面喃喃念著咒語，藍培將米妍準備的水盆擺在地上，依逆時針方向撒入泥沙與魔法材料，也將碰觸方柯的魔蔘另一端放入水中。

「泥土是為了召喚大地的靈氣，我會請風精幫忙，有氣體的地方就有風精。」藍培向米妍解釋，讓她有種倍受尊重的參與感。當他雙手扶住盆身時，米妍感覺房內的氛圍變了，一陣旋風從藍培的手中歡欣鼓舞地竄出，撩動了她的髮絲。

隨著藍培的輕喃咒語，水盆的水泡與泥沙開始翻騰，隨後竟有大批水珠拌著旋風躍出盆子上空，在他們眼前逐漸形成一面水鏡。

水珠聚合而成的團塊在空中顫動、凝結，漸漸地，鏡中浮現了熟悉的宮外街景！

米妍驚訝地望向藍培。

「我正在汲取方柯腦中的視覺記憶，看能不能找出幕後指使者的蛛絲馬跡。」藍培柔聲解釋完，口中繼續保持著唸咒的溫潤頻率。

米妍不敢置信地瞪大眼睛。因為，水鏡的影像中竟浮現出她方才扮成行商過街的背影。可見，方柯剛剛的確跟在她後頭。

畫面有些顛簸，看得出方柯的體力有些跟不上米妍。

藍培加快了咒語的步調，畫面也從清晰轉為模糊，繼續往前回溯。

「嗯！」米妍發出氣音，指著水鏡中的景象。

「沒錯，這就是宮外的狀況了，方柯剛離宮。是說，會讓他這麼一個體弱的病人離開，宮廷的守衛和照護者到底都在做些什麼？」藍培蹙眉，仔細端詳水鏡中的畫面。

方柯步履蹣跚，走出宮廷的側門送貨便道，騎上馬匹，一路上的確沒有遇到任何人。藍培正想將畫面往前調整，米妍連忙指了指水鏡。

一陣沁涼的觸感劃過她指尖，米妍縮了手，知道是自己太激動了。

「沒關係，風精會自動聚合水珠，妳是說哪邊？」

米妍指著方柯視線餘光的角落。那裡停著的馬匹胸前有金色紋章。

「是親衛隊的馬。」米妍在紙上寫道。

「親衛隊特地安排哀弱的方柯騎馬尾隨妳，以免跟丟。大概是進入小巷步行後，途中又把馬換了，宮外肯定也有人接應。」藍培說。

無奈風精顯示出的畫面只有方柯騎馬、行走與下馬的鏡頭，並沒有照映到其他細節。藍培再度將畫面往前調。

但隨著影像越往前，水幕的流動聚合也顯得分崩離析。看來，追溯魔法已經到達瓶頸。

「再撐一下就行了，哪怕只是一點線索也好……」藍培咬牙，咒語也唸得越發激昂，風中水珠飛濺，再度呈出影像。

方柯剛離開自己的房間時，走廊彼方上走過了一身黑禮服的黛皇后與翠夫人，其中翠夫人往方柯望了一眼。

米妍指著畫面中的翠夫人，點點頭。

「是啊！我也覺得很奇怪，翠夫人看見這種關鍵證人自己亂走，竟然不疑惑，而黛夫人則似乎是真的沒有看到方柯，只顧著和翠夫人說話。」藍培嘆了口氣。「恐怕這次事件的層級，比我們想像中高啊！也難怪公主沒有大肆張揚地告訴你們這些親信了。」

但雖然天鎧使不直接隸屬於沙藍諾皇室，但藍培仍語帶保留，畢竟事情尚未明朗，總是不宜將話說得太白，而米妍也明白他的用意。

追溯魔法到達極限，原本用來作為承轉記憶橋梁的金魔蔘，也轉為枯萎發黑。當畫面消失，水鏡也自然崩解。

兩人轉而將焦點放到房中的物品上，不願錯過任何線索。

米妍把所有紙頁與書籍都一一翻開檢視，藍培也費心想從雅思明囤積的藥草種類中想出它們的用途。

藍培捏起一個貼著紙標籤的方瓶。「妳看，這個裝夜黃的瓶子已經空了。恐怕公主是服用了會暫時假死的夜黃與羅舒種子油，加上適量的北方苦蓮汁液，這個劑量夠她死去兩天沒問題。當然，身體機能也會有一些後遺症，例如畏光、盜汗、腸胃不適等等。主要是方柯也願陪著她演戲，開出死亡證明，才能瞞過去。」

米妍認同他的說法，叡辛與克萊納也推論，公主是想假死暫時脫身之後，獨自解決宮外的問題。不料這個計畫被攔截，她也從棺材中被擄走，仍瞞不過宮中的耳目。

雅思明是抱著何種覺悟做出假死的決定？想到這裡，米妍噙淚望向藍培。

「不要緊，我們現在就去查清楚。我來使用封鎖現場的氣阴術，誰要是擅自進入這道門，就會被風切術割爛身體。」藍培將米妍帶出房外，自己則站在門邊，於門縫中塞入多種魔法草藥，灑上石灰粉與硝酸結晶。

這是一種透過媒材與風精簽立守門契約的封鎖魔法，有了這層手續，下個成功進入房門的，仍會是值得信任的人。

比較吃驚的是，米妍原本以為能在房內找到公主的手記或其他證物，但她的魔法筆記本內卻是什麼也沒提，只有一些複雜難解的數字和草藥插圖。

將公主的紅皮手記塞入自己的袋中，米妍追隨著藍培的身影離去。

Chapter 14

前進北方

北方的夜空看不見巨龍，卻飛行著各式各樣的風翼與飛船。由於飛船造價不斐，飛行申請令的核准也非常嚴格，除了政府開始在人煙稀少的北沙藍諾試辦公共飛船的政策之外，南方的沙藍諾領空只有政府舉辦慶典或重要活動時，才能讓飛船航行。

靠著兩位商人的幫助，克萊納與叡辛帶著坐騎搭上票價不斐的飛船。船身雖龐大，但裡頭需要靠迦姆能源石與大型機械發動，座艙與貨倉相連設置在甲板上層，大約只能容納十五人。

克萊納站在貨艙門口，溫聲安撫著因飛上天空而不安的馬匹。甲板上，叡辛俯瞰南沙藍諾密密麻麻的大街小巷，如葉脈般貫穿巷弄的錯綜河道，在星夜中閃爍藍光。

畢竟是被稱作公主未婚夫的人，為了怕引起議論，叡辛將臉龐藏在寬大的連帽斗篷下方，弓著身子如貓般享受著夜空中的微風。仰頭是繁星點點，俯身則見到由擁擠轉為空疏的地面燈火，一路往北直航。

飛船的船體兩側各伸展著用粗大竹架製成的雙翼。翼身用棕色皮革與堅韌帆布厚疊交織而成，使用的是萊欽最新的紡織技術。雖暫時回不了家，卻能看見家鄉的發明在如此高檔的沙藍諾飛行科技中出現，叡辛感到一陣暖心。

而為了不讓潔斯起疑，叡辛將自己的行囊分為兩個，重要的盤纏與文件都藏在身上，至於被克萊納「綁架」時而落在車中的行李，只有一些看似貴重的衣物、一個錢包和幾本書罷了。

當然，公主贈與的綠皮書《旭日再昇》，叡辛也隨身攜帶。

「雲魄港到了！旅客請準備下船！」精靈女船長用悅耳的聲音宣布。而飛船也穩當地降落在空中石塢上。

兩人之所以到北沙藍諾來，主要是因為克萊納提到，他想重新看看公主寄來的手稿。至於宮廷那裡，還有藍培與米妍，克萊納暫時不擔心。

「翠夫人也寫了很多信給我，說不定裡頭有什麼重要的線索。乖，還沒到喔！繼續走。」輕柔引導馬兒踏下飛船的甲板時，克萊納緩了口氣。

「除了查信之外，你先前跟我提過，兩年前雅思明曾藉著訪視軍營與查找資料之名，來北沙藍諾探望過你……」叡辛的綠眸中閃動著機智的火光。「我們何不把雅思明的所有行程都查一次？恕我冒犯，她特地來沙藍諾，應該不只是想找你敘舊而已。」

「末將也這麼想。」克萊納敏感地露出苦笑。「不用顧忌我，公主的重要決策，的確是比探望我還重要。」

「唉，我真的不是那個意思啦……」馬背上的叡辛連忙辯解道。

距離克萊納回軍營宿舍審閱信件，仍有一小時的路程。為了驅走睡意，克萊納也開始主動與叡辛聊天。

大概是知道公主仍活著，也或許是因為遠離了宮廷那種是非之地，克萊納的神情，比叡辛第一次見到他時溫柔親切許多。

彷彿彼此已經是多年的老友。

「其實，聽到您說不娶公主，依末將淺見……真是滿可惜的。」

「為什麼？」叡辛瞪大眼睛。

「您的外貌與智慧，和公主十分相配。」克萊納說著肺腑之言時，露出坦然的笑容。

沒想到從小看著雅思明長大的重要長輩，竟會是這種眼光看待自己，叡辛受寵若驚。

「真的嗎？但我的家世跟雅思明公主比起來差遠了。我只是個城主的兒子，在我的城裡，人們也不可能喚我王子，只是叫我少主罷了。」叡辛叨叨絮絮地念著。

「那種事，怎麼樣都無所謂。」克萊納有些失去耐心，因為叡辛已經不是第一次講起這個話題了。聽得出他對自己的出身很是自卑，而這樣的雞蛋裡挑骨頭，讓真心景仰他的克萊納感到很無奈。

「王子殿下就是王子殿下，能與公主論及結婚的對象，當然是王子。」克萊納固執解釋的模樣，讓叡辛有些感動。

「可是，反正我們也不可能結婚，我倒認為真正能守護雅思明的人……」想了又想，叡辛仍將這句藏在心底的話說出口。「真正待在她身邊的人，放眼全沙藍諾，也只有你而已。」

克萊納或許能努力掩飾眼底的驚訝，但下一刻，他卻別開了臉。「殿下不是指論及婚嫁的對象吧？別拿末將開玩笑了，末將在嚥下這口氣之前，自然是該追隨在公主身側的。只是，公主還在世時也同意我到北方赴任，不需要我待在她身邊。只要遵照公主的旨意，我就已經心滿意足了。」

「不管你怎麼解讀，她需要你！這是毋庸置疑的。」叡辛臉上沒半點笑意，因為打從一開始，他就不是拿克萊納當玩笑。

彼此雖努力解釋，卻彷彿造成更多的誤解，叡辛開始覺得，或許在過份正直又單純的克萊納身邊，雅思明也有許多無法對他明說的祕密吧？

「沒關係，我們這就來了，雅思明。」叡辛對著深長的暗夜說道。

長夜漫漫，夜的濃黑如影隨形。

抵達軍營時，已經是深夜了。克萊納順利通過檢查哨回碉堡取信。叡辛則帶著馬匹，在鄰近的森林中紮營等待。

夜鴞的歌聲伴隨著銀霜色的霧氣籠罩在火堆旁，但看到馬兒閉目養神的安穩模樣，叡辛倒也不擔心會有什麼魔物突襲自己。

不過，難道真是隨身攜帶的馬鞭草發揮效用？上次遇襲之後，他與克萊納一直很安全。難道，敵人的眼線無法追到北沙藍諾來嗎？

「不知道米妍那裡怎麼樣了？應該不需要太擔心吧……」才這麼想著，就看見取完信的克萊納換上灰裝束與黑軍靴，輕步穿越霧色而來。

他手中的帆布袋中，裝有毛毯與食物。

「讓您久候了，王子殿下。」

「沒關係啦！不用這樣叫我。」叡辛皺了皺鼻子苦笑道。今天一整天搭乘飛船時，為了避人耳目，克萊納多半直接喚他叡辛，聽在他耳中反倒比較舒服。

「您不覺得自己應該要被喚作王子殿下嗎？」

「我最討厭什麼應該不應該了。」叡辛打開瓶蓋，啜飲著裡頭的水果酒。「欸！沙藍諾自釀的酒都這麼好喝嗎？這引進萊欽一定會很受歡迎的。」

「北沙藍諾產很多葡萄、蘋果、水梨與茶葉，所以茶酒飲品特別有名。」克萊納微笑道，殷勤地替火堆添了柴後，他這才在叡辛對面坐了下來。

「這是慶祝德昂節的魚餅，趁熱吃吧！」克萊納遞來沙藍諾冬季必吃的細長魚形餅，芝麻鹹味與莓果內餡口味都讓叡辛大為驚豔。

填飽肚子後，克萊納緩緩將油布包中的信拿出，有雅思明的幾封信，但還是翠夫人的佔大多數。

「跟公主寫的數量相比，為什麼公主的奶奶寫給你的信還比較多？而且，多了十幾封到底是……」叡辛咕噥道：「是說……這些也算是你的私人物品吧，我真的可以看嗎？」

「請殿下無須顧忌，幫我一起看吧！」克萊納恭敬地遞出了信。或許是對這種事情較不敏感，也或許本身的個性就坦蕩蕩，叡辛有點難理解克萊納竟然真的願意讓他幫自己看信。

叡辛先從雅思明的開始看，多半交待著她自己的瑣碎近況，並詢問克萊納在北方的生活，無奈雅思明寫的內容大多為流水帳，並沒有特別之處。但短短十一封信一口氣讀起來，的確有漏信的狀況。

「你看，她這封信很明顯在問你為什麼沒有回應上封信提到的話題，你讀的時候都不覺得奇怪嗎？」叡辛剛指責完，這才瞧見了信封上的日期戳記。

「嗯……因為彼此往返的日期過久，中間也摻雜了許多雜事，末將也就以為是自己記憶力的關係。」

看到克萊納為難的模樣，讓叡辛不忍再苛責他。

嚴格來說，雅思明的筆跡雖不娟秀也不工整，但卻圓潤而豪氣，看得出她溫暖熱情而不造作的個性。

「如果能知道漏的都是些什麼內容就好了。啊！對了……」叡辛將翠夫人與雅思明寄來的信全數打散，依照寄出時間排列。他更拿出筆，一一將每封信的重點挑出，摘錄在筆記上。

「小王儲次子出生、秋天慶典……接著是軍隊演習。」信中提過的活動都被叡辛依照時間順序整理出來，克萊納在一旁佩服地跟上閱讀步調。

兩人傍著火光，馬兒規律的鼾聲，讓趕了一天路的他們也難免昏昏欲睡。叡辛瞠大眼睛努力聚焦於文字片段時，忽然「啊——」的一聲驚叫出來。

「小心！」克萊納瞬間抽出長劍護在叡辛前方，鷹般的目光掃向夜色盡頭。

經過了兩秒的尷尬，叡辛拍了拍克萊納的肩。

「沒事、沒事……謝謝你這麼盡責啦！」原本該是相視而笑的趣味時刻，但叡辛笑不出來。

因為，此刻的發現太過重要了。

「這邊，你看，從兩年前的這封信開始，翠夫人的字體變了。」

「末將看不出來……」克萊納瞪大一雙藍眼努力端詳。

「這裡，和這裡，彎起來的角度都不一樣，寫你名字時最後字母的收尾時，筆劃也比以前下得重，筆跡能反應一個人的個性和身體狀態，但翠夫人一向身體硬朗，而她這樣的年紀應該也不需要改變筆跡了吧？」

克萊納著實一驚。「的確是不一樣，雖然仍看得出是同個人寫的，但為什麼筆跡會忽然改變呢？」

「從兩年前的二月開始，一直到半年前寄給你的最後一封信，筆跡都沒有再變回去。」叡辛瞇起滿是疑惑的湖水綠雙眼，黑髮融入在夜霧中的濃墨光線中，使他的臉孔更深邃且充滿銳氣。

「來看一下兩年前的二月，發生了什麼事。」叡辛指著筆記本上的信件摘要。「史賓把西隆升為調查小組的組長，里昂從宮中的親衛隊調職到海軍，看來軍方經過一番人事震盪。」

「不過，里昂在海軍那裡待得很愉快，恰巧每年二月也是軍事職務異動的正常時間。我懂你懷疑西隆，畢竟他們連誰綁走公主都沒查出來，很可能包庇內賊，但我不認為整個親衛隊都如此好收買。其實在我出宮接應你之前，我已經查過這兩年的親衛隊名單，並沒有什麼人員無故死亡被滅口的狀況。」克萊納坦然回答。

叡辛看得出他不喜歡別人質疑親衛隊的事情，畢竟那裡就像他的娘家，曾經並肩作戰的上司與晚輩被質疑，感覺當然不好受，而克萊納也毫不隱藏自己的防備心。

叡辛冷靜地想了想，便讓話題就此打住。

Chapter 15

龍之藏書廳

隔天一早，叡辛與克萊納便踏著晨曦出發。他們主要的目的，是將兩年前雅思明來找克萊納的行程都順過一次，以便找尋線索。

一想到公主此刻不知是否安好，加上舊地重遊觸景生情，克萊納敦厚的臉孔也浮現出焦躁。

即便如此，面對叡辛提出的每個問題，無論是乏味或刁鑽，克萊納都盡可能地回想，一個個用心回答。

「殿下真的設想周到，要是您是沙藍諾親衛隊的人，很多陳年懸案就能破了。」克萊納露出讚許的笑容。

「什麼陳年懸案啊？」

「例如，當年暗殺皇后陛下的成員中有親衛隊的人，就穿著我們的制服行凶。但最後調查團並沒有採信我的證詞，後續也沒有親衛隊的高官受到處罰，只有一些大臣與隊士成為罪魁禍首。雖然這件事一直困擾我很久，但幾個高階將領都勞苦功高，也很難找到證據。」

「嗯！畢竟過了這麼多年了。」叡辛附和道。

因為無法公開叡辛的身分，克萊納只能低調地帶他走訪軍事基地的外圍林地。

叡辛也知道，自己已讓克萊納冒著很大的風險了，便沒提出任何為難人的要求，只是靜靜地乘馬欣賞北方的人文風景。

北沙藍諾清一色是老得能成為莊嚴古蹟的雕堡與長牆。與南沙藍諾使用恬淡的米色牆垛不同，北方的古堡與城牆是一片沉重的墨黑色，不時整建強化的老城牆，讓人聯想起百年前歌頓政權初次來此築城的風華。

沙藍諾的原意為「海藍色的禮讚」，是歌頓王送給他唯一的女兒——琦朵公主的禮物。建城時，歌頓王恰巧聽聞西方皇后順利產下一女的喜訊，決定將沙藍諾打造成全大陸最富藝術氣息的地方。

歌頓王在北沙藍諾建了藏書量居大陸之冠的「龍之藏書廳」，中和北方軍事基地的殺戮之氣，更在南邊設立音樂學院與貿易港口。沒想到，歌頓家族因為高壓軍事擴張而年年虧損，後與兩位兄長決裂之後，長年在沙藍諾經商久居的琦朵公主理念也漸漸與西方封閉晦澀的思想有了脫節，便和平宣布沙藍諾獨立政權，各司財政，從此開啟沙藍諾女系家族的特色。近代，因為翠夫人並未產下女兒，雅思明的父親，就成了少數男性執政的例子。

兩年前，雅思明到訪北沙藍諾時，除了訪視各軍營，並到高山上的教廷參拜之外，最後的一站便是「龍之藏書廳」。

本藏書廳是以北方巨龍經常在建築工地上空飛過，驚擾不少建築工人而聞名，館藏大約七十萬冊。

「克萊納，你知道公主當時要找的是什麼資料嗎？」

「不知道，當時我們關係頗為生疏，末將反應也很遲鈍，並沒有多問什麼。我擔心過問太多，會給公主帶來困擾。」回想起當時的心情，克萊納拘謹溫敦的臉上仍充滿顧慮。

藏書廳位在壯麗如海的「星曦湖」湖畔，碧綠如鏡的景緻配上檜木建成的雄偉五層樓圓弧型建築，氣氛悠然。因為天鎧使占卜到這裡會有火難，在落成五年後內部又迅速填充防火石材，並搭配隱藏的魔法陣加持。

「北沙藍諾因為有天鎧使們長期駐紮的關係，到處都是大大小小的魔法陣。」克萊納望著叡辛微笑。「藏書廳是開放給外賓參觀的，只是需要登記而已，請放心。」

沉醉在湖濱的金色澤光中，叡辛瞇起眼，逆光策馬前行。

他瞥見湖的對面，有一大片學校般的腹地正在進行建築工事的最後修整。裡頭有塔樓，以及有如巨大積木般的校舍。然而，學校外的城牆也不馬虎，蓋得厚重高聳而安全，上樓還有武裝士兵待的砲眼小屋。

「那學校是教什麼的啊？」

「那是雅思明公主上次視察的重點喔！是難民宿舍。」克萊納解說道。

「難民？為什麼會有難民？」叡辛瞪大眼睛。畢竟歌頓政權對東大陸各大小城邦部落的迫害與統治，都已經勉強回穩了，這幾年的確陸陸續續有難民進入萊欽與沙藍諾，但很難想像北沙藍諾還預留了這一片地方。

「萬一日後發生天災或戰爭時，可以接濟外邦人到這裡。目前能容納的數量大約是一個小城鎮，接納八千人不是問題。」克萊納眼中泛起溫柔的驕傲。

叡辛不禁感嘆，雅思明是懷著何種慈愛的胸襟做出這些決定，雖然個性溫暖，但她卻沒有因此忘記戰爭的可能性。

「的確，歌頓再這樣囂張下去，等各城邦的勢力集結起來，或許戰爭也會在轉眼間成為進行式吧！」以前的叡辛或許曾祈禱，願戰爭永遠不要到來。

但現在他已知曉，很多事並非自己年輕的心靈能預測的。

進入龍之藏書廳，濱臨湖畔的木造東方大殿風格再度洗滌了他的心情，綠意繚繞的竹林伴隨著雄偉的參天古樹，垂直線條的落地木窗並鄰往前，日光照映在質樸的木板上。叡辛脫去了鞋子，也脫去了煩躁。

「光是書架就有兩層樓高啊……」放眼望去都是如巨窗般木格組成的書架，視線所及都是各式各樣的刊物、古籍與新書，叡辛一時出了神，克萊納輕點著他手臂，領他到櫃台報到登記。

櫃台值班的是一位黑鬃鱗皮、面貌如穿山甲的微笑獸人，身旁則站著年長的人類女性，雙方都穿著沉穩的深紅長袍。

「原來是遠從萊欽來的閣下。您好。」

克萊納將叡辛的身分轉述為他的私人友伴，兩位館員倒也平靜和善地接受。叡辛感到心安，看來北方的居民不像南沙藍諾人那樣窘迫又愛看熱鬧，更不知道叡辛出城後又失蹤的消息。

「我們想查詢一下兩年前七月十日的借閱紀錄，一位叫亞琳的女性，當時也是我帶她過來的。」克萊納與叡辛說好了，要用公主常用的化名來查。

雖然藏書廳歡迎王儲，但為了不帶給其他平民困擾，只要一出宮，雅思明幾乎都使用不同的化名。

因為克萊納出示了軍徽，館員也認定這筆資料不需特別保密，回頭就翻出了雅思明的借閱紀錄。

只見叡辛迅速俐落颼颼跑遍各樓層，只花了一會兒功夫就將當年雅思明讀過的書都搬了回來。

「你動作真快……」克萊納看向熟門熟路的叡辛。

「當然，我很急啊！」叡辛數著書名，分別是《歌頓編年史》、《女系家族沙藍諾的王朝軼事》、《德昂正教密法錄》，其中是歷史書、魔法教學冊，更有短篇軼聞小說。

「可以用你的名義，全部把這些書借出來嗎？」叡辛期待地翻著書中的目錄。

「可以是可以……是說，藍培和米妍也應該要過來和我們會合了，或許藍培在宮中有什麼發現。」克萊納緩了口氣，替叡辛搬起厚重的書籍。「末將淺見，一般綁架都會有撕票聲明或綁匪要求，但我們一直沒收到，難道對方也希望讓宮裡的人持續認為，雅思明是真的死了？」

「嗯……或許綁走雅思明的人早就不在乎贖金這種事了吧！也許光是抓到雅思明，就能讓他本身獲得利益……原本我以為他們是設下陷阱，希望我們去找她，但一路走來，我們沒看到異象，也沒收到什麼暗示。這反而很不尋常……我們更得快點找到她才行！」叡辛揉了揉發疼的額間。

端起書籍，兩人才正要走出圖書館，就看到白色的龐大翅影掠過了湖濱上空。藍綠色的水光搖曳，讓天鎧使的風翼白影更添了幾分綺麗飄逸。

「藍培！沒有時間讓你耍帥了，快點降落！」克萊納的粗聲粗氣，壞了叡辛難得悠閒下來的心情。

天鎧使的風翼飛近湖濱青草地，看到米妍安然縮瑟在藍培灰色風衣裡的身影，叡辛這才放下心來。

「克萊納！你這個粗人，知道米妍受了多少驚嚇嗎？」藍培雙腳一落地，就將懷中的米妍抱給伸手來接的克萊納。

「真的很抱歉，讓妳一個人去查這麼危險的地方。」克萊納真心地望著米妍的眼睛道歉，她反倒不好意思地猛搖頭，掙扎地躍到地面。

「好了，沒時間抬槓了。」藍培將風翼晾在草地上，快步走向叡辛行了個禮。

「王子殿下，我們已拿到公主的魔法筆記，米妍發現上面有一些數字，但不曉得是什麼意思。不是我要說，公主的保密功夫做得太好了。」

米妍拿著魔法筆記與紙筆，轉頭就與叡辛討論了起來。

「好吧！就讓智囊團去研究，我們來說說我在宮裡的發現。」藍培望著走回圖書館大廳的叡辛與米妍，雙方隔著木格落地窗，彼此還在能互相支援的視線範圍內，一時半刻不會有危險。

藍培把昨天的發現轉述給克萊納。眉頭低蹙，克萊納海藍色的眼睛更顯憂鬱了。

「那……親衛隊那裡有任何可疑的人嗎？」

藍培搖搖頭。「我時間有限，只好以偵測異常魔法波動為主，對親衛隊的生態也不熟，不知從何下手。不過，除了翠夫人的模樣有些奇怪之外，中庭的花園深處，有個很久沒用長滿苔蘚的古祭壇，我是隨著我水晶查到的魔法波動前往的。」

「嗯！我知道那裡，小時候公主都在那裡玩捉迷藏，那裡怎麼了？」

藍培說：「祭壇周邊的乾涸水池有用酸液灼燒過的痕跡，也有焚燒茴香、藥末的氣味，甚至有破碎的蜥蜴乾與鏡子碎片，這些都是魔法傳送陣的材料，恐怕有人在那裡放水，把公主放入池中，將她傳送到另一個空間了。」

「傳送到另一個空間是怎麼回事！」縱使極度震驚，克萊納仍沒讓眼底的恐懼吞沒自己。

「放心，我的用詞不是『時空』，而是『空間』。也就是，現在的雅思明一定還在哪裡等著我們。因為對方施展了斗篷魔法，我也無法再往上追溯源頭，也無法使用定位魔法找出雅思明的位置。」

「我們倒是知道她的位置了。」叡辛與米妍飛快地拎著筆記朝他們奔來。

天鎧使與騎士同時露出了喜色。叡辛連忙開口解釋：「我對照米妍筆記本上的數字，原來它們都指向雅思明在這裡借過的這幾本書，數字代表著指定的頁碼。過去兩年間，雅思明一直在研究一個叫『薩米西亞空島』的地方。據說前兩代，沙藍諾教廷會與皇室聯手，都把軍事重犯以及犯錯的皇室成員囚禁在這個與世隔絕的地方，以維持皇室和平的假象。」

「的確是有這件事。」藍培苦笑道：「薩米西亞就離這裡不遠啊！以前是聖鎧殿與天鎧使的訓練基地之一，也的確有羈押政治犯。但自從翠夫人年輕時下了罪犯禁止遷移令，凡皇族犯錯一律在宮中受懲罰之後，已經至少五十年沒人去薩米西亞空島了，不用說我的導師薩魯廷長了，我也是不可能有機會到那裡去的。」

「現在，你有機會了。」克萊納嚴肅地說完，一把將米妍抱上馬背。

眾人帶著滿是效率的默契，立刻出發。

Chapter 16

崩毀的天藍色

雅思明折斷了自己的指甲數算日子，這是她待在這片漆黑中的第三日。她盡可能保持體力，雖在寒冷的地磚上睡眠，本身就極度費勁。即使雙手戴銬，她仍想辦法撕下長長的喪服裙擺，將它鋪墊在身體下方，維持溫暖。

「孩子，我真的不想傷害妳，把帳本交出來，就不需要這麼辛苦了。」漆黑之中，那個女聲仍持續對她說著話，無論夢中，夢醒，這個聲音皆如影隨形。若不懂語意的人，單聽到這麼溫暖甜美的聲調，一定會認為這是鼓勵性質的溫情喊話吧！

「妳讓我再做一百個惡夢，我也不會告訴妳。」雅思明防備且低沉地回答，就算幾乎連說話的力氣都沒有，她的藍眼仍透出不屈的鬥志光火。

「一定能靠我自己的力量逃出這裡。我知道這裡的每個角落，從兩年前開始就希望能到這裡尋找真相……無奈我第一次來，竟然是被關在這裡。但，我一定可以活著出去。」

雅思明回想起《旭日再昇》這本她推薦給叡辛的小說。裡頭的主角死過一次，但當他再活過來時，卻變得更頑強勇猛。

為了打擊雅思明的信心，對方承認，她已向方柯下毒手。

即使如此，雅思明絕不能屈服於聲音主人的淫威之下。

「妳要的帳本，已經在很安全的地方了。只有我知道在哪，也只有我本人才能決定該怎麼使用！」雅思明朗聲回答監視者，但對方已經不再回應。

「總之，到那時也太遲了吧！」雅思明喃喃自語。

她望著牢房角落的水桶，緩緩從裙擺深處，掏出藏在內裡的物品。一只食指長度的破舊草編人偶、象牙握把的精緻小刀、一小罐馬鞭草油、以及金魔蔘的鬚根。這是她交待方柯，要親自放進她裙擺內裡藏好的東西。

至於接下來的法術要生效，是因為關鍵要素——雅思明的血液，得空腹等上三天。

這是一種古典的契約魔法，施法者需事先與自然界簽訂契約，時機成熟時才能使用成功。因為耗費的自然界能量過大，需要施法者先自行經過一定的犧牲才有辨識效果，例如受傷、挨餓或任何自殘的方式。

雅思明計算過，若自己真的落難，就三天不進食，讓這個魔法起作用。

用小刀切開指頭，將血液與馬鞭草油點到金魔蔘與草編人偶上，隨後，她將這兩樣東西都扔進水桶中。

兩者在桶中漂浮了起來，隨著雅思明唸起的咒語，魔蔘與草偶立刻以逆時針加速旋動。

「怒濤啊！增長、強化，為我所用！」雅思明喃喃低語，盯視著鏽桶中的水。一陣水沫的激烈攪動聲在桶中響起，水位開始高漲，將桶中的金魔蔘與草編人偶緩緩推高。

彷彿桶底通向深淵似的，源源不絕的水勢湧出。最後，滿溢的水淹上了地板。監牢柵欄外頭就是走廊，大水轉眼間就淹上了雅思明的腳踝。

她呈放鬆站姿，以優雅卻疾如風的語調繼續唸著咒語。大量的水滔滔不絕地從桶中漫出，淹過了雅思明的膝蓋、腰部與胸口。很快地，她只剩頭部漂浮在水面上，秀髮也頂進了天花板的厚重蜘蛛絲中。

「哈克魯，薩拉、薩拉！彼伊！」雅思明一聲令下，牢房中的凶猛海水如飛行船的馬達般驟然攪拌，瞬間沖開地牢的金屬柵門。

而附著在柵門上的手銬鏈條，也轟然斷裂。

雅思明連人帶水硬生生撞向走廊牆壁，因為早有預期，她舉起厚重的裙擺護住了頭部。

再度睜眼時，無數的氣泡像雪花般在她眼前飄過。

「呼……」雅思明浮上水面換氣，大水一路托著她往走廊盡頭湧動。

水勢明顯變緩許多，可見前方有水能通過的出口。雅思明定睛一看，走廊底部的一扇雕花鐵窗，正在鬆動。

雅思明再度吟咒，舉起手銬對鐵窗用力一敲，用方才取下的裙擺護住臉部。

「逃吧！妳一輩子離不開我的。」女人的聲音幽幽地響起，迴盪在古堡廊間，但破窗而出的雅思明已無心去聽了。

像隻落水鳥般隨著水勢轟然往下洩。雖然狼狽，但雅思明的心卻像晴空中飛翔的大鳶一樣。

高高騰空。

隨著奔瀉的水勢摔落在古堡外圍的城牆走道上，她迎面撞上巨樹群。雖然綠葉幾乎枯萎，但依然挺立的樹幹，仍成為雅思明雙腿踏地前的最好緩衝。

她望向牆垛外。

一望無際的雪色雲霧。即使探出半個身體往島嶼的牆垣看，也瞧不見這座城的根基與土地。

「這裡真的浮在空中……真的是薩米西亞。」雖然方才水流走勢如雅思明腦海背誦的空城地圖一樣，但當她親眼見到無邊無際的高空雲霧，這才終於相信。

「看吧！我就說，妳逃不掉的。現在，妳又能到哪裡去呢？」才聽見嘲笑的女聲，眼前的巨樹就化作蹣跚前行的黑影妖怪，伸著樹幹朝雅思明包抄而來。

「德昂聖印，迦魯凱比！」雅思明舉起象牙色的匕首刺向樹幹，由於刀刃上帶有德昂正教所賦予的聖印徽章，樹怪被刺擊的部位立刻噴出白煙。

彷彿感知到劇痛，樹怪瞬間往後縮身。雅思明立刻閃過其餘撲來的樹枝，翻身閃滾，一路用靈巧的匕首殺出血路。

雅思明拔腿，朝空城中央的花園逃。

雖是第一次到這裡來，但雅思明已將方位摸得清清楚楚。

「魔水，聚攏，借我力量！」方才已退去的水勢立刻再度高漲翻湧，如大帆般捲向空中，朝緊追著雅思明的樹怪俯衝。

♛

地面上的世界縮得越來越小了，相反地，越往天空深處飛去，卻越顯出這片無垠的藍，有多麼浩瀚。

赤紅與鐵灰鑲嵌的飛行甲殼船正全速前進。破損的布面翅翼，顯示出它歷經了一場風暴。而甲板上以厚毯子裹身的叡辛與米妍，也方才經過冰雹、閃電與亂流的洗禮，暈船暈得厲害。

「放心，現在產生飛船動力的風精都聽我命令，持續全速推進。」藍培的模樣也略為憔悴，為了因應高空中的猛風，長髮被綁成莊嚴的低馬尾塞在披風下方。

唯有克萊納仍無畏地手持出鞘長劍，挺立於船首。哪怕空島還有幾分鐘的路程，他也要當第一個看見島上堡影的人。

藍培轉頭對叡辛解說：「空島其實是座人造島，早年只是人魔法師與天鎧使前輩們，為了試煉實習生而建造的一座空中小城。地基為迦姆能量石，使用與空島垂直對應的地極磁力相互牽制，島城才能浮在空中。除了測試天鎧使必備的飛行能力之外，還有訓練他們的心智……」

「休息吧！藍培，專心航行。」克萊納柔聲提醒他。

「應該不是嫌我吵才這麼說吧？」藍培正想喘口氣，喉間卻不爭氣地咳了幾聲。

大概是風精感受到他忽然衰弱下來的操縱力，船身立刻隨之猛烈震顫。

「藍培，你已經很強大了，能用飛船一次載我們這麼多人到這裡……」叡辛撫著脹痛的頭部。「不過，現在就請你專心命令風精航行即可。」

「真是的，主僕還一個鼻孔出氣，越來越有默契啦！」藍培抹去額間熱汗，呵呵微笑。

他朝前揮出藍色刺刀。「全速前進，預計再一分鐘抵達！」

高空中，午後豔陽高照，使整片天幕藍得發白，近乎沒有顏色。當雲端的米黃城影映入眼簾，叡辛與米妍也衝上甲板最前方。

「到了！」藍培幽幽地說。「但畢竟這幾十年來人煙罕至，上頭有什麼魔物或幽魂也不奇怪，大家還是小心……」

話聲未落，輪廓逐漸浮現的空城傳出轟然巨響。只見一群深黑色的樹怪蠢動地推擠城垣，大量土石牆磚都往天空底部崩落。

「嗚——轟轟——」一陣陣可怕的嗚咽聲從城垛深處發出。

空島，正在崩毀。

「等等，我找個安全的地方降落！」藍培瞬間拔昇飛船高度，鳥瞰著滿目瘡痍的荒城爛路，昔日的街道與監獄建築，正被洪荒沖毀。

飛船才越過城牆上方，距離地面不到十公尺，克萊納便拔出長劍驟然跳下。

「喂！等……」藍培話還沒說完，叡辛也抽出輕巧的細柄銀劍縱身一躍。

主僕倆接連跳進長牆頂端的斜坡通道，往大水尚未包圍之處狂奔。

視線彼方，渾身溼透的雅思明正在涉水而過。日光低射在她滿是擦傷的秀麗臉頰上，絲毫不顧水勢正淹過腳踝，她俯身在滿是黃褐色枯萎枝幹的花園祭壇邊蹲下，似乎在尋找著什麼。

「有了……這裡。」雅思明用匕首斬斷一處被灰黑色藤蔓纏繞住的機關把手，挺腰使勁，往後一拉。

「嗚嗚嗚……嗡——」有道藍色強光從空島的東塔射出。

整座島再度如地震般湧起大水。

只是，這次水不是來自雅思明釋放出的魔力起源，而是來自於島嶼深處、供全城做日常使用的蓄水池。

「根本是海嘯！米妍，妳在船上等，風精還在待命中，妳直接操縱船舵，等等再來接應我們！」

藍培匆匆跳下飛船，轉頭望著努力保持平衡的米妍，她堅定地將雙手放在甲板中央的舵盤上，點頭回應。

藍培胸前的水晶放射出清澈的紫色光束，環狀掃射著島嶼。「總共有兩股力量在互相抗衡……這是怎麼回事啊？」

邊閃躲不斷崩落的城牆磚石，藍培趕到島嶼最中央的花園。他終於明白，眼前最大的敵人不是島上的魔法操縱者……

而是，這座島本身。它已經無法承受過多的能量衝擊，即將瓦解。

克萊納奔馳在水中，忽有一大群黑霧沿著暴漲的水勢朝他衝來。

抬眼一瞧，這些黑霧已紛紛幻化成一個個鎧甲魔兵。

「叡辛！」克萊納抬起長劍。「你想辦法找到公主殿下，我來掩護你們！」

「知道了！」叡辛才剛回完，就看到克萊納被一團黑霧般的沙塵所吞沒！

瞬間無聲無息。

大霧散去時，俐落的劍勢伴隨著刀刃冷光。克萊納以一擋百地往前殺砍，每個魔兵都在一招半式間化為灰燼。

叡辛放心地移開視線，在一片洪荒與被水沖出的雜物中尋找雅思明。

一個身穿華麗黃袍的駭骨，被兇猛水勢沖過叡辛腰旁。白骨雖然已經剩下骷髏型態，卻明顯看得出他的雙手上銬。

原來，大水將監獄中死去的罪犯屍體都沖了出來。一具具屍骨就隨著以前僕役們用的鍋碗瓢盆、桌椅，以及斷梁擊打過來，水勢與雜物幾乎阻斷了叡辛的去路。

「父王！」有個女聲在哭喊著。

即使那聲音嘶啞又悲痛，但叡辛仍認得她是誰。

他握住手中的銀劍，以輕靈如羽毛般的劍勢斬開眼前的所有阻擋，朝聲音的主人衝去。

鐵灰色的水淹沒了殘牆斷垣，伴隨著陣陣地震，空島深處仍三不五時地傳出地基斷裂的巨響。

但雅思明已經無力去管這些。

她長期以來的追尋雖有了答案，卻也已經破滅。

「對不起，我來遲了……父王。」雅思明跪地哭喊，懷中摟抱著父親的屍骨。

原本貴為沙藍諾國王的他，雖外傳病逝，但實際上，他是被雅思明的生母綁架到了空島，監禁至死。

「終於見面了……雖然你是罪有應得，但也不該孤零零地在這裡老死啊！」雅思明淚眼婆娑，渾身因冰寒而顫抖著，直到肩上忽然擁上了一股暖意。

她仰起頭時，有對如夏日湖濱般的聰慧綠眸正擔憂地望著她。

「叡辛……」雅思明驚喜地抹去眼淚。

「找妳找得很累欸！如果妳能再信任我們一點不就好了嗎？」雖是責備，但叡辛的雙臂卻憐惜地環住了雅思明。

就在兩人正想解釋交待彼此的來意時，他們的視線頂端瞬間滑下了一團陰影。花園上方不知何時聚集了三個張牙舞爪的樹怪，正揮擊枯枝上的尖刺襲向他們。

「給我滾！」叡辛的劍勢雖靈活如蛇，面對如此大量的刺擊卻也無法抵擋。竄動的魔枝瞬間勾住叡辛的脖頸。雅思明撲上前，將匕首扎向魔枝。

「嘶嘶！」遭受到德昂聖印襲擊的樹怪噴出負傷的白煙，樹怪這才稍有退意。就在兩人鬆口氣之際，上方如長桌般大的牆垣卻已撐不住樹怪的重量……

磚牆重重往下砸落！

叡辛隱約感受到有股力量推開他，再度睜眼時，滿臉鮮血的克萊納用身體護住了雅思明。

但這波牆垣並非最後的攻勢，花園的地磚早已崩裂，三人再度往下跌落。直直摔進天空的深處。

霎時間，叡辛搆著手、踢著腿，摸到的卻只有無邊無際的天藍色。眼看身旁的雅思明與克萊納頭上腳下，隨著破碎的磚石往下墜，叡辛卻什麼也不能做。

「或許……就要在此喪命了。」叡辛腦海閃過這個想法。

原來一向嚮往的藍天，竟然如此可怕。

墜落、墜落，最後重重摔在大地上，或許是哪個無人知曉的山尖……

叡辛閉住了氣，直到一張金色透明的大網托住了自己。

「風精，網漩，使力！」藍培站在飛行船甲板上指揮道，雄厚溫暖的嗓音傳進了叡辛的耳朵。

叡辛恍惚地環視四周，透明如蜂蜜色澤的金網彷彿是活著的，閃動著夕陽的光輝。網身從飛行船的底部射出，而那座崩毀的空中島城已在另一個方向，與自己無關了。

回過頭，雅思明正摟住克萊納低垂的鮮紅色頭部。

「公主殿下！我和米妍馬上拉你們上來！」藍培的聲音讓人安心，但克萊納卻一動也不動，海藍色的雙眸緊緊闔起。

「天啊……」雅思明崩潰地喚著克萊納的小名。「阿克！阿克，醒醒啊！」

但他已經沒有回應了，一向堅實的身體頹軟著。

「克萊納，給我醒醒！」叡辛端起克萊納的下巴，這才發現他的臉部溼濘，滿是鮮血與水漬。

雅思明也發現了這點，兩人連忙合力轉過克萊納的身體，使他臉部朝下。

「喂！醒醒！」叡辛拍著克萊納的背部。

「咳咳咳……」當聽到克萊納咳出水的聲音時，叡辛掛上喜色。

「大概是剛剛嗆了水，根本沒時間吐出就來救妳。」他轉頭對雅思明微笑。

公主掛起脆弱的笑容，點了點頭。「阿克他……已經救了我不知道幾次了。」

懷中的騎士緩緩睜開眼睛，藍眼中亮起了認出雅思明的光彩。

「沒事了，」雅思明抹去眼底的淚意。「這才是我的阿克……一向無堅不摧。」

「終於見面了，公主殿下……」徐緩而欣慰地，克萊納露出了一個連自己也期待好久的淺笑。

Chapter 17

王國之聲

明日天明之際，就是德昂節了。

傳說，德昂在十二月三十一日的黎明誕生，而三十日自然成了俗稱為「辰前夜」的除夕，也是值得慶祝的日子。

雖街頭掛滿了天藍色的紙燈籠，家家戶戶也擺出長條彩旗竹架，但一向熱鬧迎接辰前夜的南沙藍諾，今日氣氛卻跟往前有所區別。坊間傳聞說叡辛王子不但離城，還在離城後立即失蹤，再加上皇室忽然在《沙藍諾前鋒報》上發表了一則聲明，不但提到雅思明公主「無法」現身今晚在唐奇洛前廣場辰前夜演說，還另外說到「會有重大事項宣布」，一切的皇室舉動，都讓迎接假期的市民心頭蒙了層陰影。

「一定是要說王子和公主結不了婚了，拖了這麼多天，也該給我們個解釋了！」

「每年的辰前夜點燈儀式都應該要有公主出席的呀！她可是未來的女王呢！」

今天登報時，沙藍諾皇室的共同署名者為翠夫人、黛夫人，其中並沒有提到公主，種種蛛絲馬跡，也讓城民熱烈討論不斷。

「唉呀！今晚註定會很不平靜了。」在河畔二樓的飯廳用餐的《海城每日新聞》的報社總編輯希盧斯，對著妻子喃喃自語。一頭灰髮工整側梳，眉宇間顯露出智慧風霜的他，雖穿上了往年慶典觀看遊行時都會穿的深藍風衣，但神色也略有不安。

「是啊！真想趕快知道皇室要宣布什麼。」妻子嫻靜的面容也湧現煩躁，邊哄著懷中不安分的小嬰孩。「你也很想趕快知道吧？小亨利。」

暫時摘下起霧的木製框卵形眼鏡，希盧斯瞇起眼，品嚐了一口方才由沙藍諾港口直送的鮮魚。

他說：「雖然不知道皇室稍晚的消息為何，但我這裡可是有個大消息要宣布。」

「什麼消息？」

「等等你和小亨利在唐奇洛廣場聽皇族演說時，就會知道了。」

「什麼啊！真是愛賣關子。」妻子賭氣地抽走了希盧斯放在桌邊的眼鏡。「來，這就交由我們小亨利保管吧！」

「喂！那可是我們沙藍諾的高級琉璃，加上萊欽城眼鏡工匠巧手製造的高級品！怎麼可以拿給兒子當玩具呢！」

雖然眼前還能與家人享受節慶前的氛圍，但希盧斯一想到等等要發布的消息，便胸口一緊。

憑他新聞從業員的直覺，今晚恐怕是凶多吉少了。

「只希望，德昂庇佑沙藍諾……」

望向窗外的藍色宮殿遠景，希盧斯默禱道。

♛

雖然仍無緣帶回國王的駭骨，但終於見證到父王的下落，也足以讓虛弱不已的雅思明在飛船艙內好好閉眼一會兒了。

臨睡前，雅思明與米妍緊緊相擁，在溫暖的依偎下，雅思明這才慢慢睡去。

叡辛不像克萊納，從不正面凝視著公主的臉孔，相反地，他頻頻回首望著雅思明，確保她真的有好好休息。原本溼透的金色秀髮已經乾了，蓬鬆地貼在粉嫩的脖頸上。雖然換掉了從棺材帶出的礙事深紅禮服，但穿著男裝的公主卻更顯明豔，英氣逼人。

「看樣子真的是沒事了……聽到她說的那些真相，真的讓我害怕又無力。」

叡辛邊感嘆，邊轉過身，替椅子上的克萊納清潔額頭的傷口。

剛剛聽完公主的補述，克萊納才是打擊最大的人，透藍如夏季潮汐的雙眸也蒙上一層陰霾。就連此刻，他的胸口仍因劇烈的喘息而起伏著，心情無法平復……

「沒想到……」克萊納乾啞地吐出半小時以來說出的第一句話。「沒想到，那場讓我震撼終生、讓公主自此喪母的宮內突襲，竟然是國王陛下策劃的。」

「現在知道真相了，即使你不叫他陛下也沒關係了。」叡辛不便批評外邦事務，但心中對沙藍諾皇室的崇高印象卻也大打折扣。

一想到是國王發動了這場政變，還處死了代罪羔羊，又流放他們的後代，而這樣的沙藍諾王竟是聖鎧殿騎士團的召集者……別提雅思明背負了多少痛苦，就連此刻的克萊納也不可能全盤接受。

一旁端著清水與紗布，陪著叡辛替克萊納包紮的米妍，也早已泣不成聲。

「我是在五年前查出真相的。失去摯愛父母的這段時間，每晚，都像是無窮無盡的守靈夜。」雅思明撫開髮絲，緩緩起身，哀戚地繼續說道：「但兩年前，我發現祕密指導我初階魔法的翠夫人舉止有異，雖然外表仍是我親愛的祖母，但她說的話、做的事，甚至皺眉撥髮等神情，竟然跟我的生母如出一轍。這時我才知道，其實生母沒有死，她把父王帶到了空島囚禁，又附身到我的祖母身上，每日每夜都監視著我……」

叡辛心疼地凝視著雅思明，她是何等堅強，訴說此事時，眼眶僅僅泛紅，聲音不但毫無哽咽，灰藍色的雙眸更傳達出一股堅決的骨氣。

「嗯！用你們的話來說是『附身』。」天鎧使藍培掀開船艙的紗質門簾，踏了進來。「用我們魔法使的角度來說，則是『轉生』。聽公主殿下的說明，看來是莎皇后生前得知自己要被國王殺害的計畫，轉而詐死、躲藏，再使國王罹患重病、偽裝了遺體騙過世人後，莎皇后將他藏到空島的監獄裡。對於不可一世的王者來說，這種死法的確比直接被殺還痛苦萬分。」

米妍瞅了天鎧使一眼，請他別在公主面前把話說得太直接。

藍培愧疚地移開眼神。「那恕我請教殿下……您這次詐死時所用的魔法，與莎皇后當年用的一樣吧？」

「是的，在我確認母親轉生到翠夫人身上時，就開始停止向她學習魔法，而是請方柯陪我到坊間去自修。兩年前我到北方，也是為了想查出父親的所在地。即使預測到他可能不在人世，但……哪怕親眼見證也好。我想看他最後一面。」

「不過，轉生在他人身上，非萬無一失，所有魔法都是契約關係，有拿取，自然也會有犧牲與付出。」藍培推測道：「使用他人的身體，肯定十分耗費精氣，翠夫人目前仍是沙藍諾皇族中最位高權重的人，本身年事已高、鮮少出門，方便掩人耳目。但她最近遠距操縱方柯、將公主轉移到空島，又在空島攻擊、逼供公主，肯定大大耗費精氣。」

「相信莎皇后不會真的傷害公主，只是希望繼續透過翠夫人的形體控制妳，控制宮中的一切，甚至一度想綁架我與克萊納。」叡辛理解地點點頭。「但，雅思明，皇后最想要的東西是什麼？她甚至為了它，不得不逼迫妳屈服。」

「那是……」雅思明尚未開口，飛行船忽然猛力震盪。

「風精！聚合！」藍培連喊出幾句咒語，往常總是管用的，但此刻飛船急速下墜的速度已經說明了一切。

「不妙，有人封鎖了我的風精魔法。我試試看能否安全降落！」藍培衝往甲板前，米妍冷靜地指向船艙深處的兩架雪白風翼。

「好。」藍培舉臂指揮道：「你們先行棄船逃生！我會把剩餘的風精分配到風翼上。」

孔武有力的克萊納輕而易舉地就推著風翼奔上甲板，叡辛與米妍則又一陣又推又拉，等克萊納回頭幫忙時，飛行船的震盪又讓一群人從驟然變陡的甲板滾落下去。

「抓住我！」較慢離開艙門的雅思明一手抓住米妍，一手扶著叡辛。

「現在就上風翼！快點！」藍培平舉手中的刺刀，口中喃喃唸咒。「威伊康，威蘭特，貝魯！」

風翼輕盈地往下滑翔，居於下風處的克萊納與米妍連忙順勢攀上。另一頭，叡辛也與雅思明高高飛起。

「藍培，快上來，別管飛船了。」雅思明回頭吼道：「這是命令，快上來！」

「可是……」藍培懷中的水晶極力放射出紅光。「好，我盡量設定路線，讓飛船往宮殿花園的方向墜毀，那裡人煙稀少，應該比較不會造成危險……唔！」

藍培才喃喃決定，飛過上空的叡辛便頭上腳下地掛在風翼前端，伸臂抓住這位天鎧使。

搖搖欲墜的兩架風翼，就這樣脫出了飛船，往下迫降。

浩瀚的星夜籠罩著比翼雙飛的雪白風翼。下方已能看見沙藍諾宮殿的南方花園，以及銜接著主殿與公主寢宮的筆直空橋。

米白色的雄偉岩磚堆砌出壯麗的空中露天廊道，叡辛回想起自己初次見到雅思明，就是在那裡。

一切恍如昨日。

「大家小心啊！風精已經逸散得差不多了！」藍培警告道。離宮殿越近，風翼的飛況也變得無力頹喪，幾乎像張空中的白紙一樣缺乏方向感，僅能依賴疲弱不振的滑翔氣流。

「等等，空橋上……那是西隆嗎？」眼尖的叡辛指著空橋上奔來的人影。

只見親衛隊調查小組組長西隆，將一頭紅髮綁成短馬尾，正在空橋上朝他們招著手。

「殿下，您還活著！」西隆驚喜地單膝下跪，親吻地板。他身上揹了鎧甲與武器，顯然是來接應的。

「好個溫暖的歡迎啊！」叡辛朝雅思明微笑，這時的雅思明也在藍培的協助下先行躍上空橋。

後方的米妍與克萊納則因風翼偏離空橋，暫時降落在花園石梯底部。

「殿下，現在宮裡的狀況很不妙。」西隆氣喘吁吁地解說道：「翠夫人與黛皇后打算在稍晚的辰前夜公開演說中，宣布您的死訊……」

「明白，我們現在就要去拿下翠夫人這個魔女。」叡辛知道雅思明有所顧慮，不敢直稱自己的祖母為妖孽，但為了讓西隆迅速瞭解狀況，他有話直說。

「天鎧使，羅賓報到！」此時，有個披著金色印記肩甲的年輕天鎧使衝了上來。

藍培接過他遞來的木盒。「羅賓，謝謝你傍晚回應我的心靈傳呼，東西我就收下了。」

「但……」天鎧使羅賓擔憂地說：「你我目前是南沙藍諾僅有的天鎧使……面對等等的局面，我們最專精的風精法術又失效，恐怕得想別的辦法。」

「魔法的問題不要擔心。」雅思明低頭與藍培耳語了幾聲。

此時，忽然有一陣快步行軍與金屬磨擦的細碎聲音響在前殿。

匆匆趕到的克萊納認得這個聲音。「親衛隊來了。殿下，請妳下令讓他們圍攻翠夫人。」

「翠夫人現在在哪裡？」公主問西隆。

「稟告殿下，在她自己的寢宮。」

「我們現在就到那裡去，不要讓無辜的將士傷亡，克萊納，你們守在我們後頭就好，女巫就由魔法來收拾即可！」語畢，公主穿上西隆遞出的雪白鎧甲，叡辛也連忙將自己隨身的箭桶揹了起來，並將多出的弓箭拋給克萊納。

像輕靈的雪雁般，雅思明與藍培率先朝寢宮飛馳，但才在宮殿上走沒幾步，一團火山灰般的迷霧瞬間朝她們直撲而來。

「魔兵！大家別蹲下！隨時準備作戰！」後頭的克萊納來不及跑向最前頭的公主，只能慌忙拔劍應戰。

雅思明才回頭，身旁的灰燼竟紛紛成了張牙舞爪的人形朝自己猛烈砍擊。一把刺刀連忙擋住襲向公主的武器，藍培咬牙勉強護住公主。但天鎧使畢竟是以魔法為主力，如此近戰搏鬥幾回合就顯出疲態，所幸雅思明的劍術俊逸飄忽，尚能與藍培相互應合。

方才趕到的天鎧使羅賓則由叡辛掩護，一群人就這麼在空橋上交戰。

「等等，西隆呢？」叡辛這才發現事情不對。

就在他游移的當下，空牆對岸的樹影竟然也紛紛形成了另一群魔兵！他們的形貌明顯跟橋上的這些劍兵不同……身上紛紛突起詭異的物體。

「克萊納！藍培！是箭兵！」叡辛正想警告前頭的隊友，一道道銀弧箭影已經嗜血地齊發。

正與魔兵搏鬥的克萊納，才一轉頭，就見到兩箭在自己眼前對撞。

叡辛從後方射來的箭掩護了他。

「赫爾，賈斯賓！」趁著叡辛製造的空檔，藍培勉強喚出了銀藍色琉璃般的巨幅防護罩。

眾人已將防護罩內的魔兵殺得一個不留，空橋另一端的箭雨紛紛落在防護罩外頭，但此刻，他們的後方也開始逼近了魔兵。

「我主德昂啊……沒有天鎧使最擅長的風精魔法，我們只能勉強維持住守勢而已。」藍培正想轉頭與雅思明商量，她卻發出彷彿被火燒般的痛嚎。

「是西隆給的護甲在作祟，快脫了它！」叡辛連忙跑上來協助雅思明。「都是西隆的詭計，那傢伙鐵定跟翠夫人一夥，才會查不出最近發生的事！」

「藍培，沒有風沒關係，只要有水的話，我可以想辦法……」雅思明撫著灼痛不已的肌膚，連她的秀髮也傳出一陣驚悚的焦味。

「跟我來，掩護我！」克萊納望見空橋下方的花園，扛起公主就往後撤退，叡辛與兩位天鎧使接連揮砍刀劍，朝防護罩外的魔兵殺出一條血路。

克萊納一把將雅思明抱入水池中。

此時，天空閃下落雷，大雨如刀刺般落在眾人的肌膚上。原本以為是南方特有的雷雨，藍培與羅賓的神情卻緊繃至極。

「她來了……大家嚴加戒備！」

烏雲如浩瀚的黑幕般遮掩住原本的星夜，花園石燈中的火光瞬間熄滅。米妍與克萊納連忙護住水中的雅思明。

「等了這麼久，你們倒走得慢吞吞的，我只好來親自接我女兒了。」花園彼方，一席銀黑色紗袍的翠夫人滿面微笑，緩步推進。她的左右手各抓著鏈條，金屬在地板上摩擦的冷光讓人不寒而慄。

仔細一看，翠夫人竟將兩位七歲與五歲的小王儲用鏈條繫著，在地上拖行。孩子們一路哭嚎踢打，做祖母的翠夫人卻只是滿面獰笑。

眾人倒抽了口氣，他們從第一天起就忽略了這個事實。眼前的翠夫人早已不是那位慈藹的祖母，而是莎皇后的轉生。她會忽然如此對待繼任皇后的孩子，也不足為奇了。

雅思明蹣跚地從池底站起，怒得渾身發顫。「放開我的弟弟們！就算同父異母，他們還是我的弟弟！」

「那就告訴我，寫著親衛隊和騎士團密帳的帳本，現在在哪裡？」翠夫人偏著頭，嗣然微笑。「說出來，大家都歡喜，這兩位孩子的記憶由我消除，至於你們今晚葬身在此的事，我也有辦法像以往一樣全數封鎖，明天太陽依舊升起，沙藍諾仍能迎接德昂誕辰。」

「伊瑪姆雷佳，慕特、嘉比盧凱！」雅思明毫無懼色地抬起附有聖印的象牙匕首，她吟唱的咒詩也隨即有兩位天鎧使加入呼應，三人各自高舉法器。

此時，叡辛低頭轉述給米妍，方才空橋上藍培想出的計策。

彷彿呼應了三人的吟唱，噴水池的水柱瞬間如無數尾白龍般朝翠夫人沖擊而去。

「哼！兒戲就別拿來騙人了！」翠夫人雙手一揮，鍊子上的小王儲們瞬間如麵粉袋般被甩了出去。

絲毫不畏水龍的攻勢，翠夫人只輕步往上一躍，竟然踩在高如城牆的浪濤上，居高臨下地睥睨著公主等人。

「是啊！永永遠遠仰望我吧！你們這些不知感恩的廢物，以為是誰在努力維持這幾年宮中的和平？先是出了個想弒妻的國王，接著又有個想殺母的不孝女！全都萬世受我控制吧！」語畢，翠夫人居然往水中一鑽，僅剩黑色紗衣漂在原處。

只見水底一陣白沫翻騰，隨後，竟有車輪般的黑影在水中攪動。

一道妖異的綠光如噴發的火山岩漿般，射破巨濤表面。

「大家，不要看！」雅思明預測到皇后的招數，連忙別過頭，雙手護住克萊納的眼睛。

翠夫人幻化為一道吐著尖細銀舌的海蛇，雙頰張起泛著橘色鱗光的薄膜，拍尾朝眾人襲來。牠口中吐出的滾燙酸漿彷彿吸走了全世界的光，幾乎盲了所有人的眼。

大雨紛落，後方溼透的米妍雖不斷在水中滑倒，但仍死命衝向翠夫人。在她被翠夫人捲打過來的蛇尾襲擊倒地時，身後有人扶住了她。

是叡辛，他堅定地朝米妍點頭，兩人一齊掀開天鎧使羅賓給的木箱。

「喂！看這裡！」叡辛將箱中的物體疾速拋了出去。

物體看似是一個普通的圓球，在滿是酸漿蹦射的空中畫出了一個美麗的銀色拋物線。

一道線瞬間織成無數道網格，重重套住了海蛇的身體。

「嘶嘶——」一瞬間，海蛇掙扎扭動，胡亂掃射的光束與酸漿也歇了下來。

「趁現在！」公主與兩位天鎧使高聲唸咒，原本就落雷不斷的天空一波波閃出紅色的怒光，電光驟地集中，垂直擊向網中的海蛇。

「母親，記得妳最關心的帳本在哪嗎？」雅思明冷冷地對著被雷擊燒得焦黑一團的網中海蛇說：「我已經事先把它郵寄給報社編輯，現在，全城都看得到了。」

勝利的靜默伴隨著轉小的雨勢，攤住了眾人的肩頭。

雅思明這才感到氣力放盡，一時軟了腿，被克萊納一把扶住。

「真是幸運……」天鎧使羅賓轉頭對藍培露出餘悸猶存的淺笑。「大氣與地表都佈滿了我們放出的水精，加上上天協助，正巧有雨水與落雷……」

藍培紅著眼眶，望著烏雲退去的夜空。「讚美德昂，祂再一次守護了這片土地。」

「讚美德昂……」羅賓也喃喃唸著。

遠處，傳來親衛隊擊殺西隆的騷動聲。

Chapter 18

午夜旭日

報社總編輯希盧斯與抱著稚兒小亨利的妻子，正從廣場周邊小店的屋簷下走出來。

雨勢停止了，躲雨的群眾紛紛放下先前苦悶的心情，步回廣場。在報童開始發放明日早報的同時，教堂的鐘響敲了十二下。

「沙藍諾國王與皇后涉嫌挪用軍事資金長達十年！」、「公主與王子不結婚、只結盟」，報上的斗大雙標題，震撼了人們的心。

結盟的消息是人們期盼已久的，但王室醜聞卻是人民始料未及的。一喜一憂的訊息，讓廣場上收取報紙的旅客與民眾都議論紛紛。

此時，樂隊奏起悠揚的遊行樂聲，激昂的鼓樂如戰士的心跳般，擊打出扣人心弦的節奏。

金藍雙色的王室馬車上，雅思明與叡辛朝眾人揮著手。一襲薄荷綠色的晚禮服，雅思明將金色的波浪短髮側分在耳後，手挽著身披星藍色長版風衣的叡辛。

他們一齊走上市政廳的大理石階，在彷彿能頂向天際的雲彩雕花石柱旁，俯視著湧進數萬人的唐奇洛廣場。

即使已經知道公主與王子已放棄結婚計畫，在如此難熬的辰前夜中，能見到久違的這對佳人一起同台，才終於讓人們正式因萊欽與沙藍諾結盟的消息振奮起來。

「神佑沙藍諾！神佑沙藍諾！」廣場響起了各類膚色、不同人種的各種喊聲。即使面貌迥異，眾人喊出的句子卻激情而一致。

舉起手，雅思明滿面光采地向大家致謝。

站到後方的王子理著自己的白蕾絲襯衫。此時，為了找他而狼狽數日的潔斯慌張地上了石階，但叡辛暫時裝作沒看見她，以免遭受一時半刻也不消停的碎唸。

而克萊納的前輩里昂，也在親衛隊的協同下，押著史賓前來報平安。

雖然史賓沒有參與這項任務，但他卻也涉嫌作假帳，並參與國王策劃的弒后計畫，更協助王后逃走並隱匿案情長達多年，需由法庭從重量刑。

「黛皇后與兩位王儲經過御醫診斷都還好，正在休息。」里昂回報道。

換上淺藍長紗裙的米妍，則站在一身銀鎧的克萊納身邊。雖然暫時解除危機，但克萊納仍用鷹般的炯烈目光環視四周，深怕公主有任何不測。

「大家晚安，我是雅思明，辰前夜快樂，謝謝您們前來。」公主悅耳的聲音透過前代天鎧使發明的魔法傳聲筒，伴隨著雨後的微風，散播到廣場周邊的每個巷弄。

「大家都看見剛剛的報紙了吧？如同報上說的，帳本的來源是我本人，消息屬實。至於我父母的事，真的很抱歉讓大家失望了……在此，我要代表失職的父母，宣布解散聖鎧殿騎士團，因為我們辜負人民的信任，這樣的騎士團不該存在。明年，也就是兩天後……」公主抹去眼底的淚光，幽默地笑道：「我將會同教廷，一起組織新的騎士團，重建沙藍諾的光輝，重新贏回你們的信任。」

叡辛瞥見克萊納強忍淚水。作為一介騎士，也作為一個受到國王與皇后不少厚愛的將領，叡辛明白，他心底肯定五味雜陳。

幸運的是，克萊納跟隨的已不是國王或皇后，而是廉明的雅思明。

「在此，」公主再度嚴肅地朗聲道：「我不但要為我的父母道歉，更要為我自己的愚昧而道歉。我一直拖到今年才終於有所作為，透過幾位忠誠友人的陪同找出真相，才能讓你們知道皇室最醜惡的一面。」

雅思明露出疲憊卻真誠的微笑。「因為接下來，沙藍諾就即將迎接皇室最美好的一面了。」

廣場上響起一波波宛如熱情潮汐的掌聲。人們肅穆的表情中，飽含著期許。

「如同你們在報上讀到的，我與叡辛不會結婚。我們不希望彼此的友誼是奠定在長輩們的認定框架下，這些年，沙藍諾與萊欽一同經歷了很多事，而我與叡辛之間的貴重情誼，並不是一只單薄的婚約能夠保證的。」

叡辛走上前，任雅思明高高牽起他的手。

「我雅思明，近幾年深深感到沙藍諾的不足，我們總是畏懼歌頓，卻想保有沙藍諾人的自尊。為了做好準備，來因應未來的任何局勢變化，處理婚姻並不是我的第一要務，我真正的心所屬，永遠是沙藍諾。如同叡辛，他即將成為萊欽城的繼承人，他聰慧、勇敢、充滿才氣，與其將他挽留在沙藍諾，做我們大家的女婿，不如讓他真正自由地在自己的家鄉中閃耀光芒，守護萊欽，也讓萊欽作為面對歌頓大軍的第一前線，守護我們的東大陸。我們向你們保證，未來，萊欽的土地會行走著微笑的沙藍諾商人，而沙藍諾的天空會吹拂著萊欽城的商旗。我們的時代，就從現在開始。」

迎向祭司抬來的紙製巨型天燈，雙人高的帆布上染了金箔，寫下祝福的尼舒微符文。雅思明舉起火把，燃亮燈蕊。

輕輕一推，紙燈便順風往上翱翔。廣場上各處的祭司們也分別點起了燈。風勢熱情，將十數個天燈往沙藍諾港口吹拂，就像一顆顆白鑽在空中翱翔，與星夜爭光。

報社編輯希盧斯聽著公主遙遠卻親密溫暖的嗓音，落下了眼淚。轉過頭時，他瞥見同樣在拭淚的妻子，兩人破涕為笑。

「讚美德昂！神佑沙藍諾！」廣場上響起此起彼落的歡呼聲。海風將眾人的呼喊攪在冬日的濃烈空氣中，彷彿要讓整片大陸聽見似的，浩然揚散。

後記：叡辛的信

雅思明　女王陛下親啓：

馬上又是一年一度的德昂節了。回想起去年此時，至今仍覺得驚心動魄。

妳知道嗎？去年與妳分別後，從沙藍諾回到萊欽城的那趟路，是我此生最容光煥發的時光。雖然家庭教師潔斯仍在我耳邊持續碎唸，但我看待自己的角度，已經與首次來沙藍諾時截然不同。

是時候拋棄公主的未婚夫身分，好好用自己的方式活下去了。在認識妳之前，我不是王子，但曾耳聞人們說過「沙藍諾使人重生」，此話千真萬確。是沙藍諾讓我成了真正的王子。

當時，在馬車裡的我也是這麼告訴著自己：「聽好，叡辛，從今以後，你也要打從相信自己是個王子、活得像個王子一樣才行。」

這讓我回家面對父親與那群多事的親朋好友時，一切都輕鬆多了。

下個月，就是我的繼承典禮了。謝謝妳願意撥冗前來。最近接到了克萊納從北寄來的信，他應該只會去那裡出差一陣子吧？去年我們迎接辰前夜的光景，至今還歷歷在目。當時妳忙著致詞或許不曉得，但站在克萊納身旁的我，一直看見他嚴肅至極的緊繃神情。是的，他一認為妳有危險時，總是會露出厲鬼般的臉。即使要他赴死，他也想多拖幾條仇敵的性命上路。

答應我，未來請不要再派遣克萊納到任何地方了。雖然只要妳一聲命令，他連地極的盡頭都願意去，然而，妳我都很清楚，克萊納此生只屬於一個地方。

那就是，妳的身邊。

記得嗎？上次分別前，妳我談論到歌頓不斷擴張的軍備勢力。妳說：「如果自由必須付出代價，那就讓他們來吧！」妳說那句話時的神情，久久烙印在我的腦海，也點破了我對自由的迷思。

自從在北方見過妳建置的難民家園後，我一直在思考著戰爭的可能性。無論未來的局勢如何詭譎多變，若真有那麼一天，我深信，沙藍諾將是萊欽最豐饒的後盾，而萊欽也將成為沙藍諾對抗歌頓時、最為鋒利的前線。

願今後的每個德昂節，也都能伴著與你們共同度過的回憶，微笑入眠。

敬祝　邦運昌隆

神佑沙藍諾

妳永遠的朋友　叡辛　敬上

培育文化

奇幻魔法 22

王族守靈夜

作者　夏嵐
責任編輯　林美玲
美術編輯　姚恩涵
封面/插畫設計師　青姚

出版者　培育文化事業有限公司
信箱　yungjiuh@ms45.hinet.net
地址　新北市汐止區大同路3段194號9樓之1
電話　（02）8647-3663
傳真　（02）8674-3660
劃撥帳號　18669219
CVS代理　美璟文化有限公司
TEL／(02)27239968
FAX／(02)27239668

總經銷：永續圖書有限公司

法律顧問　方圓法律事務所　涂成樞律師
出版日期　2016年2月

國家圖書館出版品預行編目資料

王族守靈夜 / 夏嵐著. -- 初版.
-- 新北市 : 培育文化, 民105.02
面 ;　公分. -- (奇幻魔法 ; 22)
ISBN 978-986-5862-75-6(平裝)
859.6　　104026977

※為保障您的權益，每一項資料請務必確實填寫，謝謝！

姓名		性別	□男　□女
生日	年　月　日	年齡	
住宅地址	郵遞區號□□□		
行動電話		E-mail	

學歷

□國小　□國中　□高中、高職　□專科、大學以上　□其他＿＿＿＿

職業

□學生　□軍　□公　□教　□工　□商　□金融業

□資訊業　□服務業　□傳播業　□出版業　□自由業　□其他＿＿＿＿

謝謝您購買 ＿王族守靈夜＿ 與我們一起分享讀完本書後的心得。務必留下您的基本資料及電子信箱，使用我們準備的免郵回函寄回，我們每月將抽出一百名回函讀者，寄出精美禮物以及享有生日當月購書優惠！想知道更多更即時的消息，歡迎加入"永續圖書粉絲團"

您也可以使用以下傳真電話或是掃描圖檔寄回本公司電子信箱，謝謝！

傳真電話：（02）8647-3660　　電子信箱：yungjiuh@ms45.hinet.net

●請針對下列各項目為本書打分數，由高至低5～1分。

	5 4 3 2 1		5 4 3 2 1
1.內容題材	□□□□□	2.編排設計	□□□□□
3.封面設計	□□□□□	4.文字品質	□□□□□
5.圖片品質	□□□□□	6.裝訂印刷	□□□□□

●您購買此書的地點及店名＿＿＿＿＿＿＿＿

●您為何會購買本書？

□被文案吸引　□喜歡封面設計　□親友推薦　□喜歡作者

□網站介紹　□其他＿＿＿＿＿＿＿＿

●您認為什麼因素會影響您購買書籍的慾望？

□價格，並且合理定價是＿＿＿＿＿　□內容文字有足夠吸引力

□作者的知名度　□是否為暢銷書籍　□封面設計、插、漫畫

●請寫下您對編輯部的期望及建議：

廣 告 回 信

基隆郵局登記證

基隆廣字第200132號

221-03

新北市汐止區大同路三段194號9樓之1

傳真電話：（02）8647-3660

E-mail：yungjiuh@ms45.hinet.net

培育

文化事業有限公司

讀者專用回函

王族守靈夜

培養文化育智心靈的好選擇